1

'Tyrd yn dy flaen, Cynan!' meddai Myfi Morris. 'Dechreua ganu!'

'Fedar o'm canu, siŵr! Ci ydi o!' chwarddodd Gwenan, gan edrych ar y ci defaid blewog gyda'r un llygad gwyrdd a'r un llygad glas. Gorweddai'n ddioglyd wrth draed ei ffrind gorau.

'Ti eisio bet?!' heriodd Myfi. Roedd gwên fel y wawr yn goleuo'i hwyneb wrth iddi godi oddi ar y fainc y tu allan i Siop Sel, gwthio cyrlen felen o'i llygaid mawr brown a thynnu organ geg o boced ei chôt. 'Falla mai dim ond ci ydi o, ond mae o'n gi talentog dros ben!'

Dechreuodd Myfi chwarae *Run, rabbit, run* ar yr organ geg wrth i Cynan wrando'n astud. Cododd ar ei eistedd a dechrau canu – neu'n hytrach udo'n aflafar, ei drwyn tamp yn pwyntio i'r awyr.

5

'Aaaw! *Canu* wyt ti'n galw rhywbeth fel'na?' llefodd Gwenan gan lapio'i dwy blethen gringoch o gwmpas ei chlustiau. 'Mae codi cur pen ar rywun yn ddisgrifiad gwell!'

'Am bowld!' ebychodd Myfi, ond roedd Gwenan wrth ei bodd mewn gwirionedd, a dechreuodd ddilyn curiad y gân â'i thun marblis.

Llamodd Cynan ar ei draed a phrancio o'i chwmpas, ac wrth i Myfi chwarae'r alaw'n gyflymach ac yn gryfach, buan iawn roedd hi'n bedlam y tu allan i Siop Sel.

'Stopiwch y twrw 'na!' rhuodd Sel Siop, tad Gwenan, o grombil y siop.

'Y? Ond ry'ch chi'n cael cyngerdd am ddim, Dad!' meddai Gwenan wrth i'w thad ymddangos yn nrws y siop yn ei ddillad groser a'i sbectol pot jam ar ei drwyn.

'Chredwch chi mo hyn!' torrodd Sel Siop ar ei thraws. 'Mae'r rhyfel drosodd!'

Stopiodd y nodau a'r nadu ar unwaith.

'Be?' gwaeddodd Myfi gan rythu arno.

'Mae Winston Churchill newydd gyhoeddi ar y weiarles bod yr Almaen a'r Eidal wedi ildio!'

'Go iawn?' gwichiodd Gwenan.

'Go iawn!' llefodd Sel gan sgubo Myfi a

MYFI MORRIS,
Y FACIWÎ

MYFI MORRIS, Y FACIWÎ

GWENNO HUGHES

Gomer

Cyhoeddwyd gyntaf yn 2014 gan
Wasg Gomer, Llandysul, Ceredigion, SA44 4JL
www.gomer.co.uk

ISBN 978 1 84851 790 5

Cyhoeddwyd gyda chefnogaeth Llywodraeth Cynulliad Cymru.

Argraffwyd a rhwymwyd yng Nghymru gan
Wasg Gomer, Llandysul, Ceredigion.

Gwenan i'w freichiau a'u troelli. 'Mae'r rhyfel ar ben, ferched! Mae o ar ben!'

Mewn chwinciad, agorodd drysau tai eraill yn Nhrem yr Haul, ac wrth i'r newyddion ledaenu fel tân gwyllt llanwyd yr awyr â bonllefau o lawenydd. Roedd rhai cymdogion yn cusanu a chofleidio ac ysgwyd llaw, eraill yn crio, a rhai wedi'u llorio'n llwyr wrth i'r haul dorri drwy'r cwmwl du fu'n crogi uwch eu pennau er 1939.

'Geith bechgyn y pentra 'ma ddod adra o'r Almaen rŵan!' Roedd Gwenan yn gyffro i gyd.

'Geith Dad ddod adra 'fyd,' meddai Myfi, ei chalon yn dyrnu wrth feddwl am gael gweld y dyn nad oedd hi wedi'i weld ers bron i bedair blynedd. 'O'r diwadd . . .'

Cofleidiodd Gwenan hi, ei llygaid llwydlas yn dawnsio. 'Caiff! A hei, well i ti fynd adra'n reit handi i ddweud wrthyn nhw!'

Doedd dim weiarles yn Nhyddyn Grug, lle roedd Myfi'n byw, felly falla na fydden nhw wedi clywed y newyddion da o lawenydd mawr.

'Ti'n iawn! Rhaid i mi fynd!'

Trodd Myfi ar ei sawdl, a phrin y cyffyrddodd ei thraed â'r llawr wrth iddi hedfan i lawr Trem yr Haul, a Cynan yn llamu ar ei hôl.

Trodd Myfi i'r dde ar ben draw'r stryd, gan ymuno â Stryd Fawr Llanllechen, pentref chwarel a swatiai wrth droed yr Wyddfa. Llifai pobl o'u tai yn y fan honno hefyd, ac roedd yr awyr yn llawn cyffro wrth i chwibanau a bonllefau lenwi'r stryd ag awyrgylch carnifal. Ond arhosodd Myfi ddim i siarad â neb. Roedd hi ar dân eisiau cyrraedd Tyddyn Grug.

Croesodd y bont garreg ym mhen draw'r pentref, troi i'r dde, gwibio heibio'r cae concyrs, a saethu i lawr Stryd Eryri nes cyrraedd y giât fynydd a arweiniai at yr allt serth a holltai drwy'r coed pin.

Roedd ysgyfaint Myfi'n dynn a'i gwddf yn llosgi wrth iddi ddringo'r allt ac erbyn iddi gyrraedd y copa a chymryd y ffordd gul a fforchiai oddi arni i'r dde, pwmpiai'r gwaed yn ei chlustiau. Ond yn ei blaen yr aeth Myfi, ei chyrls melyn yn cyhwfan y tu ôl iddi, yn methu aros i gyrraedd adref.

Er, nid Tyddyn Grug oedd ei chartref go iawn hi, chwaith. A bod yn fanwl gywir, 13, Gabriel Street, Lerpwl, oedd ei chyfeiriad go iawn hi. Rhes o dai teras llwyd wedi'u pentyrru ar ben ei gilydd ger y dociau oedd Gabriel Street, ac yma roedd Myfi, ei rhieni, a'i dau efaill hŷn, Arthur ac Ifan, yn byw. Roedd y tŷ yn hynod o gyfyng – fel tun sardîns. Ond ar ôl i'r rhyfel dorri allan, anfonwyd Myfi i fyw at frawd ei mam, Yncl Peris a'i wraig, Anti Gwyneth, yn Nhyddyn Grug.

Doedd Myfi ddim yn awyddus o gwbl i fynd i Dyddyn Grug. Ddim dros ei chrogi. Byddai'n strancio a chrio bob tro yr awgrymai ei mam y dylai hi a'r efeilliaid adael 13 Gabriel Street. Ond ar ôl i'w tad gael *call up* i'r fyddin, ac wedi i fomiau'r Lufftwaffe'n chwalu rhannau o'r ddinas yn rhacs adeg y Nadolig yn 1940, mynnodd Edith Morris eu bod yn mynd.

'Dw i'n gwybod nad ydach chi eisio mynd, ond does 'na ddim dewis! Dyna'r unig ffordd y medra i eich cadw chi'n ddiogel,' meddai Mam wrth i'r teulu bach swatio'n ofnus yn y lloches un noson. Uwch eu pennau roedd awyrennau'r Lufftwaffe'n suo fel haid o wenyn cynddeiriog, gan ollwng bom ar ôl bom i niweidio a llosgi a lladd eu ffrindiau a'u cymdogion.

'Na!' mynnodd Arthur, wrth i'r ddaear grynu o dan eu traed. 'Fedrwn ni mo'ch gadael chi, Mam!'

'Na fedran wir!' ategodd Ifan wrth i fwg, tân

a rwbel dduo'r awyr. 'Mi fasan ni'n torri'n calonnau . . .'

'Dydw *i* ddim yn mynd i unlle!' meddai Myfi yn bendant, ei hwyneb yn llawn pryder wrth iddi wrando ar y sgrechian a'r crio o'i chwmpas. 'Dw i ddim eisio bod yn faciwî! Dw i eisio aros efo chi . . .'

Lapiodd Edith Morris ei breichiau'n dynn o gwmpas y tri phlentyn, ond gwyddai nad oedd ganddi ddewis ond eu hanfon oddi cartref. Byddai'r bomiau'n siŵr o ddisgyn yn ddidrugaredd wrth i'r Lufftwaffe wneud eu gorau glas i ddinistrio un o borthladdoedd pwysicaf Prydain.

Llai nag wythnos yn ddiweddarach, roedd Edith wedi anfon Ifan ac Arthur i fyw at Rita, ei chwaer ieuengaf ar fferm yn Nyffryn Nantlle, ac wedi trefnu lle i Myfi yn Nhyddyn Grug gyda'i brawd hynaf, Peris, a'i wraig Gwyneth – yn ddigon pell oddi wrth fomiau'r Almaenwyr.

Roedd Myfi wedi crio yr holl ffordd o Lerpwl i Fangor ar yr hen fws drewllyd, myglyd. Erbyn iddi hi a'i mam gyrraedd yr orsaf fysiau lle roedd

Yncl Peris ac Anti Gwyneth yn aros amdanyn nhw, roedd golwg druenus iawn arni.

Cwpwl canol oed oedd Peris a Gwyneth, ac roedden nhw bob amser wrth eu bodd yn gweld Myfi, ac yn gwneud ffŷs fawr ohoni – y fo â'i bibell lliw casten a hithau â'i bynsen o wallt brith ar ei phen. Ond y peth olaf roedd Myfi eisiau oedd byw gyda nhw – yn bell oddi wrth ei mam a'i thad a'r efeilliaid.

Pan ddaeth hi'n amser iddi ffarwelio â'i mam a dal y bws i Lanllechen gydag Yncl Peris ac Anti Gwyneth, glynodd Myfi yn dynn yn ei mam.

'Paid â 'ngadael i,' erfyniodd gan glymu'i bysedd fel feis o gwmpas breichiau ei mam. 'Plîs . . .'

'Fydd o ddim am byth, cyw.'

'Dw i eisio mynd yn ôl adra efo chdi . . .' mynnodd Myfi'n ddagreuol.

'Dydi Lerpwl ddim yn lle saff.'

'Ond mi rwyt ti'n mynd yn ôl yna . . .' meddai Myfi gan gladdu'i phen ym mynwes arogl lafant ei mam.

'Rhaid i mi fynd yn ôl i'r ffatri i weithio. Ti'n gwybod hynny.'

'Paid â 'ngadael i!' erfyniodd Myfi eto. 'Plîs, Mam . . .'

11

Cofleidiodd Edith Morris hi'n dynn. 'Does gen i ddim dewis, cyw,' sibrydodd, gan ddadgysylltu bysedd Myfi fesul un. 'Rŵan, stopia grio. Rhaid i ti fod yn ddewr. Rwyt ti'n saith oed rŵan, cofia – rwyt ti'n hogan fawr. Mi wna i sgwennu atat ti bob wythnos, a dod i dy weld di bob gwyliau. Addo. Ond tan hynny, rhaid i ti fod yn hogan dda i Yncl Peris ac Anti Gwyneth, iawn? Chei di ddim cam efo nhw, ac mi gei di ddod adra y munud bydd y rhyfel ar ben.'

'Pryd fydd hynny?'

'Cyn bo hir, gobeithio. Mi fydd bob dim yn iawn ar ôl y rhyfel. Dw i'n addo, Myfi.' Cusanodd Edith Morris hi, gan adael marc ei minlliw coch ar foch Myfi. Cydiodd Yncl Peris yng nghês du a masg nwy Myfi, a gafaelodd Anti Gwyneth amdani i'w harwain at fws Llanllechen. Wrth i'r bws symud yn araf allan o'r orsaf fysiau, safai Edith Morris ar y palmant yn codi'i llaw ac yn chwythu cusanau at Myfi nes oedd y bws yn smotyn du ar y gorwel. Rhoddodd Yncl Peris fint yn llaw Myfi, a wincio arni, tra cydiodd Anti Gwyneth yn ei llaw arall a'i mwytho'n dyner yr holl ffordd i Lanllechen. 'Roedd dy fam yn iawn, pwt,' meddai wrth Myfi. 'Mi fydd pob dim yn iawn, gei di weld.'

Ac roedd y ddwy yn llygad eu lle. Er bod byw mewn bwthyn un-llawr, gwyngalchog, yng nghanol caeau gwyrdd yn brofiad gwahanol iawn i fyw mewn stryd o dai teras llwyd, bu Yncl Peris ac Anti Gwyneth yn hynod o ffeind wrth Myfi. Sychai Anti Gwyneth ei dagrau bob tro y byddai'r hiraeth am ei chartref yn ei llorio, tra codai Yncl Peris ei chalon drwy ei dysgu i chwarae'r organ geg dolciog roedd o wedi'i rhoi'n anrheg iddi.

Bu Cynan y ci yn help mawr iddi setlo yn Nhyddyn Grug hefyd, ac o'r eiliad y llyfodd ei llaw ar y diwrnod cyntaf, bu'r ddau'n ffrindiau pennaf. Roedd Cynan yn dal wrth ei chwt bedair blynedd yn ddiweddarach, ac wrth i'r ddau agosáu at Dyddyn Grug a gweld Yncl Peris yn brysur yn torri'r gwrych yn y cae dan tŷ, dechreuodd gyfarth.

'Yncl Peris!' bloeddiodd Myfi gan chwifio'i breichiau. Trodd yntau a gweld Myfi'n hedfan i lawr y lôn, ei hwyneb yn biws, a'r graean yn tasgu i bobman o dan ei chlocsiau. Dychrynnodd gan feddwl bod rhywbeth mawr o'i le. Gollyngodd ei gryman a dechrau hanner rhedeg, hanner baglu tuag ati ar draws y cae.

'Nefi wen, Myfi, be sy? Be sy'n bod?' gofynnodd Yncl Peris, a'i lais yn llawn pryder.

Hyrddiodd Myfi ei hun i mewn i'w freichiau agored. 'Mae'r rhyfel ar ben! Mae 'na gyhoeddiad newydd fod ar y radio!' byrlymodd.

'BE?' ebychodd Yncl Peris ac Anti Gwyneth fel un. 'Ti'n siŵr?'

'Ydw, yn berffaith siŵr!' gwaeddodd Myfi. 'Mae pawb yn y pentre'n dathlu!'

'Fedra i ddim credu'r peth . . .' meddai Anti Gwyneth.

'Na finna chwaith!' ategodd Yncl Peris yn gyffrous.

'Mae o'n wir!' bloeddiodd Myfi, ac wrth i'r tri ddawnsio'n hapus yn eu hunfan, ymunodd Cynan yn y dathlu trwy gyfarth fel peth gwirion.

'Mi gaiff Dad ddod adra o'r Ffrynt rŵan!' meddai Myfi.

'Caiff!' cytunodd Yncl Peris. 'A diolch byth am hynny . . .'

'Ia,' ategodd Anti Gwyneth. 'Diolch byth. Ond cofia . . . mi fydd yn rhaid i tithau fynd yn ôl i Lerpwl, 'yn bydd Myfi,' ychwanegodd. Roedd tinc bach o dristwch yn ei llais . . .

2

Curodd Myfi ar gownter Siop Sel. 'Siop?' gwaeddodd, ei llais yn atseinio ar hyd y waliau derw.

'Dŵad rŵan . . .' Camodd Gwenan o gefn y siop mewn ffrog werdd ac iddi sgert lawn, a sandals lledr. Roedd y ddwy blethen gringoch bellach wedi diflannu, a disgynnai ei gwallt yn donnau llac o gwmpas ei hysgwyddau.

'Whiw!' chwibanodd Myfi drwy'r bwlch yn ei dannedd blaen. 'Ti'n edrych yn smart!'

'Dwyt ti ddim yn rhy ddrwg dy hun!' atebodd Gwenan gan edmygu'r ffrog goch a'r goler lês wen a wisgai Myfi, a'i bŵts llwyd gorau. 'Er, cofia di, mae Cynan yn edrych yn well . . !'

'Am ddig'wilydd!' chwarddodd Myfi, yn falch bod Gwenan yn hoffi'r dici bô du roedd hi wedi'i glymu am goler Cynan. 'Mae'n bwysig gwneud ymdrech – gan ein bod ni'n mynd i barti.'

'Parti mwya'r ganrif!'

Roedd Myfi wedi bod ar bigau'r drain o'r funud y daeth Yncl Peris i'r tŷ y noson cynt a chyhoeddi bod te parti mawr i'w gynnal yn Llanllechen – parti *Victory in Europe* i ddathlu diwedd y rhyfel.

'Hei, well i ni frysio, rhag ofn i ni fethu cael lle i eistedd! Mae hanner y pentref wedi cychwyn am y neuadd yn barod,' ychwanegodd Myfi gan bwyntio at y bobl a lifai heibio i ffenestr Siop Sel, a phawb yn eu dillad gorau.

'Awê 'ta!' meddai Gwenan, ond wrth i'r ddwy anelu am y drws, daeth rhu o grombil y siop.

'Peidiwch ag anghofio hwn!'

Ymddangosodd Sel Siop yn chwifio bag papur mawr yn cynnwys dau bwys o de. 'Cyfraniad Siop Sel i'r parti. Rŵan, draw â chi am y neuadd 'na i mi gael cau'r siop! Mi ddo i ar eich ôl chi. Falla y do i â'r gramaffôn efo fi – rhag ofn y bydd 'na rywun yn awyddus i ddawnsio . . .'

Diflannodd Myfi, Gwenan a Cynan drwy ddrws y siop, ac anelu am y Stryd Fawr. Roedd y stryd yn byrlymu o bobl yn chwerthin a chadw reiat wrth i bawb heidio am neuadd y pentref. Llwyddodd Myfi, Gwenan a Cynan i wau eu ffordd drwy'r dyrfa, a chyn hir cleciai eu traed i lawr y llwybr llechen a arweiniai at y neuadd. Roedd yr haul yn tywynnu, yr awyr yn las, a'r adar yn canu tipyn yn uwch nag arfer. Pan gafodd Myfi a Gwenan eu cip cyntaf o'r neuadd, daethant i stop mor sydyn nes achosi i Cynan fwrw i mewn iddyn nhw a'u baglu. Glaniodd y ddwy yn glewt ar lawr.

'Cynaaan – y *twpsyn*!' dwrdiodd Myfi gan lanio ar ben Gwenan ar y gwair.

'Wedi cynhyrfu mae o,' chwarddodd Gwenan, 'ar ôl gweld pa mor grand ydi'r neuadd!'

Ac *roedd* y lle'n grand, hefyd, gyda baneri'r Ddraig Goch a Jac yr Undeb dros y waliau llechi, ac roedd cynfas wen ac arni'r geiriau *Victory in Europe!* yn cyhwfan o'r to. Cododd Myfi ar ei thraed a llusgo Gwenan oddi ar y gwair. 'Ty'd i ni gael sbec tu mewn!' meddai.

Dechreuodd Cynan eu dilyn, ond doedd ganddo ddim gobaith mul o gael mynd i mewn i'r neuadd ar ôl iddo faglu'r ddwy.

'Dim ffiars o beryg! Dwyt ti *ddim* yn dod i mewn,' mynnodd Myfi. 'Mi gei di eistedd ar stepen y drws, rhag ofn i ti wneud mwy o lanast!'

'O, bechod,' meddai Gwenan wrth weld Cynan yn plygu'i ben yn drist.

'Bechod, wir!' ebychodd Myfi, ond aeth at

Cynan a'i fwytho'n annwyl cyn anelu am ddrws ffrynt y neuadd. 'Gei di sgraps o'r parti os arhosi di fan'na'n gi da . . .'

Roedd tu mewn y neuadd wedi'i drawsnewid yn llwyr hefyd. Symudwyd y rhesi o feinciau oedd yno fel arfer, a gosodwyd nifer o fyrddau i ffurfio rhes hir o'r drws cefn i'r llwyfan yn y pen blaen. Roedd y byrddau wedi'u gorchuddio â llieiniau gwyn, a gosodwyd meinciau o boptu iddyn nhw mewn dwy reng hir. Ar hyd y byrddau roedd jygiau bach gwyrdd yn dal blodau gwyllt.

A dyna i chi sgram! Roedd y cyfan yn wledd i'r llygad – plateidiau o frechdanau sbam, jam a phâst, cacennau cri, sgons a bara brith – a digonedd o de i olchi'r cyfan i lawr y lôn goch!

Drwy gydol yr amser y bu Myfi'n byw yn Llanllechen, welodd hi erioed y fath wledd. Roedd bwyd wastad yn brin, er bod Anti Gwyneth – fel y gwragedd tŷ eraill – yn gwneud i'r bwyd wedi'i ddogni stretsho fel lastig bob wythnos. Heddiw, roedd pob gwraig yn y pentref wedi gwneud ymdrech arbennig i gyfrannu rhywbeth at y wledd. Roedd yr olygfa'n tynnu dŵr o ddannedd Myfi, ac roedd hi ar bigau'r drain am gael palu i mewn i'r bwyd. Yn anffodus, câi neb gyffwrdd â briwsionyn nes i Mr Parri'r Gweinidog agor y te parti'n swyddogol.

'Diolch byth!' sibrydodd Myfi wrth Gwenan wrth ei weld yn esgyn i'r llwyfan a galw am ddistawrwydd.

'Foneddigion a Boneddigesau,' cyhoeddodd, a'i lais yn llenwi'r neuadd. 'Croeso i chi i gyd i Neuadd Bentref Llanllechen! Fel ry'n ni i gyd yn gwybod, bu'r whech mlynedd ddwetha yn rhai hir a thywyll, ond dw i'n falch iawn o allu dweud bod ein pentre bach ni wedi dod drwyddi. Gyfeillion, ry'n ni yma heddi i ddathlu diwedd y rhyfel!'

Ffrwydrodd bonllefau o sŵn drwy'r neuadd, a phawb yn curo dwylo a stampio'u traed.

'Dyw e ddim wedi bod yn gyfnod rhwydd, nac yw yn wir. I'r gwrthwyneb – mae e wedi bod yn erchyll. Profwyd ffydd pob un ohonom i'r eithaf, ac mae pawb yma heddi naill ai wedi colli aelod o'r teulu neu ffrindie, neu'n adnabod rhywun sy wedi cael colled drist. Gallaf eich sicrhau y bydd y rhai annwyl hynny wastad yn ein meddyliau ni.'

Tawelodd y neuadd wrth i bawb feddwl am y naw dyn ifanc o Lanllechen na fyddai byth yn dod adref o ffosydd Ffrainc.

Doedd Mr Parri'r Gweinidog ddim eisiau taflu dŵr oer ar bethau, ac aeth yn ei flaen. 'Ond diwrnod o ddathlu yw heddi, nid diwrnod o ddagre! Felly hoffen i gyhoeddi bod parti *Victory in Europe* Llanllechen yn agored!'

Ffrwydrodd rhagor o gymeradwyaeth drwy'r neuadd ac am sbel roedd y lle'n bedlam wrth i bawb stryffaglu i gael lle i eistedd wrth y byrddau. Yna taflwyd drws y gegin yn agored ac arweiniodd Anti Gwyneth griw o ferched i mewn, pob un yn cario tebotaid mawr o de.

'Mae Dad am i chi gael hwn,' meddai Gwenan gan estyn y pecyn o de i Anti Gwyneth. 'Rhywbeth bach at yr achos.'

'Ooo, dydi Sel Siop yn ffeind,' meddai Anti Gwyneth. 'Diolch i ti. Mi fydd 'na alw mawr amdano fo, efo pawb yn yfed fel ŷch heddiw! A chofiwch, dwy frechdan ac un gacen mae pawb i fod i'w gael – er mwyn gwneud yn siŵr bod 'na ddigon o fwyd i bawb.'

'Iawn,' meddai Myfi gan suddo'i dannedd i mewn i frechdan jam. 'W, neis. Tebyg iawn i'ch jam cwsberis chi!'

'Fy jam i ydi o!' meddai Anti Gwyneth, gan wenu. 'Tyddyn Grug sbeshal!'

'Mi fydd gen i hiraeth amdano fo ar ôl i mi fynd 'nôl i Lerpwl,' dywedodd Myfi.

Diflannodd gwên Anti Gwyneth fel haul dan gwmwl, a symudodd i lawr y bwrdd i dywallt rhagor o de i bobl.

'Ydi Anti Gwyneth yn iawn?' sibrydodd Gwenan.

'Mae hi'n meddwl y bydd hi'n od yn Nhyddyn Grug hebdda i. Dyna ddudodd hi bore 'ma beth bynnag.'

'Pryd wyt ti'n mynd 'nôl i Lerpwl 'ta?' holodd Gwenan.

'Cyn gyntad ag y medra i. 'Sgwennais i lythyr at Mam neithiwr, a'r munud y ca i ateb, mi fydda i'n codi 'mhac. Dydw i ddim wedi'i gweld hi ers Dolig, ac mae 'na fisoedd ers hynny!'

'Pryd ddaw dy dad adra?'

'Wn i ddim. Mi gymrith hi sbel iddo fo ddod 'nôl o'r Almaen.'

Nodiodd Gwenan, gan sylweddoli cymaint roedd Myfi'n hiraethu am ei thad. Doedd hi ddim wedi derbyn llythyr ganddo fo ers chwe mis, tair wythnos a dau ddiwrnod. Ond roedd pawb yn sylweddoli pa mor anodd oedd hi i'r milwyr gael cyfle i anfon gair adref.

'Dw i'n edrych 'mlan at ei weld o,' meddai

Myfi gan fyseddu'r loced siâp calon a grogai o gwmpas ei gwddf. Anrheg oedd hi gan ei thad cyn iddo fynd i ffwrdd, ac roedd llun ohono fo a'i mam y tu mewn. Roedd Eryl Morris yn gawr o ddyn â thrwyn cam, a'i wallt yn union fel y frân. Gwenai'n braf ar ei wraig, a oedd mor fach ac ysgafn â dryw bach.

Estynnodd Myfi am gacen gri a gwyliodd Gwenan hi'n pigo'r cyrains allan ohoni a'u gosod mewn rhes ar ei phlât.

'Pam wyt ti wastad yn gneud hynna?' gofynnodd gan chwerthin.

'Y cyrains ydi'r peth gorau, felly dw i'n lecio'u cadw nhw tan y diwedd.'

'Dwyt ti ddim hanner call!' Chwarddodd Gwenan wrth wylio Myfi'n stwffio'r gacen i'w cheg, yna difrifolodd. 'Ond wsti be, mi fydd gen i hiraeth am dy arferion bach digri di ar ôl i ti fynd 'nôl i Lerpwl. Mae Anti Gwyneth yn iawn – mi fydd hi'n od hebddat ti. Ond buan iawn yr anghofi di amdana i, unwaith y byddi di yng nghanol dy hen ffrindiau yn Lerpwl.'

'Twt lol!' ebychodd Myfi, a'r briwsion yn tasgu o'i cheg. 'Ti ydi'n ffrind gorau i!'

Bu'r ddwy'n ffrindiau pennaf byth ers diwrnod cyntaf Myfi yn ysgol Llanllechen. Doedd hi'n adnabod neb yno ac roedd hi'n crynu fel deilen pan adawodd Yncl Peris ac Anti Gwyneth hi wrth y giât. Ond roedd Gwenan wedi dangos iddi sut i wneud awyren bapur yn ystod y wers syms, a phan laniodd honno ym mhot inc Stevens y Sgŵl, mi gafodd y ddwy andros o ffrae ganddo fo. Byth ers hynny, doedd dim modd gwahanu'r ddwy, a buont yn mynd yn ôl ac ymlaen fel io-ios rhwng Siop Sel a Thyddyn Grug.

'Mi ddoi di o hyd i ffrind gorau arall yn ôl yn Lerpwl,' meddai Gwenan.

'Na wnaf, siŵr! Ac mi fydd croeso i ti ddod i aros acw ar wylia unrhyw bryd.'

'Wir?' Goleuodd llygaid llwydlas Gwenan. 'Iesgob, dw i erioed wedi bod yn bellach na Bangor!'

'Mae 'na dro cynta i bob dim,' meddai Myfi, 'ac os mêts . . .'

'Mêts!' ychwanegodd Gwenan yn frwd.

'Oi!' Torrodd llais Gwilym Gwich, oedd yn yr un dosbarth â'r ddwy, ar eu traws. 'Ty'd â chân i ni ar yr organ geg, Myfi!'

'Be? Rŵan?' gofynnodd Myfi'n ansicr.

'Ia! Dydi parti ddim yn barti heb fiwsig!' meddai Gwilym yn ei lais gwichlyd. '*Pack up your Troubles* dw i eisio. Honna ydi fy hoff gân i!'

Wrth i lygaid disgwylgar y disgyblion eraill droi i edrych arni, teimlai Myfi nad oedd ganddi ddewis ond ufuddhau.

'O, iawn 'ta,' meddai'n swil.

Wrth iddi chwarae nodau cynta'r gân ar yr organ geg, tyrrodd Gwilym Gwich a rhai o'r disgyblion eraill o'i chwmpas i ymuno yn y gân. Roedd Yncl Peris wedi estyn ei organ geg yntau ac wedi dechrau cyd-chwarae â hi. Chwyddodd y sŵn ar ei ganfed wrth i Sel Siop roi record o'r gân ymlaen ar ei gramoffôn bach du. Cododd pawb yn y neuadd ar eu traed, cydio yn nwylo'i gilydd a dechrau troelli i guriad yr alaw sionc. Pefriai llygaid Anti Gwyneth wrth wylio Yncl Peris yn arwain Myfi drwy'r dawnswyr i sefyll ger y gramaffôn, a'r ddau'n dal i chwarae'r offerynnau.

A dyna pryd gwelodd Myfi fflach o ffwr du a gwyn yn sleifio tuag ati drwy goesau'r dawnswyr, a sŵn udo aflafar yn dod ohono. Er gwaetha'r siars i aros y tu allan, roedd Cynan y ci ar dân eisiau ymuno yn yr hwyl, a dechreuodd brancio'n wyllt o gwmpas Myfi. Ond doedd Cynan ddim yn ddawnsiwr, fwy nag oedd o'n ganwr, ac wrth i Myfi ei annog i neidio i'r awyr, bwrodd ei gynffon flewog yn erbyn y gramoffôn gan ei daflu'n bendramwnwgl i'r llawr.

Distawrwydd.

Trodd pob llygaid yn y neuadd i edrych ar Myfi. Gwridodd mewn cywilydd, gan ofni y byddai Sel Siop am ei gwaed am adael i Cynan wneud y fath lanast. Ond y cwbl a wnaeth Sel Siop oedd dechrau piffian chwerthin – yn dawel i ddechrau, yna'n uwch. Ymunodd Yncl Peris ag o . . . ac Anti Gwyneth a Gwenan . . . ac ymhen dim roedd pawb yn y neuadd yn eu dyblau.

Petai Cynan wedi chwalu'r gramaffôn ar unrhyw ddiwrnod arall, byddai ei groen o a Myfi ar y pared. Ond roedd heddiw'n ddiwrnod arbennig – diwrnod dathlu diwedd y rhyfel – a doedd dim dwrdio i fod. Dim ond dathlu.

3

Pan laniodd amlen wen wedi'i chyfeirio at Myfi trwy ddrws ffrynt Tyddyn Grug, gwyddai Myfi'n syth pwy oedd wedi'i hanfon. Sgrialodd at y drws, ei chipio yn ei llaw, a'i rhwygo'n agored.

'Llythyr gan Mam!' gwaeddodd gan ddarllen y cynnwys yn gyflym, wrth i'r arogl lafant cyfarwydd gosi'i ffroenau. Carlamodd yn ôl i'r gegin, ei llygaid yn disgleirio. 'Dw i'n cael mynd adra bythefnos i heddiw!' llefodd.

'Nefi, mor gynnar â hynny?' gofynnodd Anti Gwyneth.

'Ia! Mae Anti Rita'n mynd ag Ifan ac Arthur yn ôl gyntaf. Wedyn mi gaiff Mam ddiwrnod rhydd o'r ffatri i ddod i'm nôl i! Da 'de?'

'I'r dim,' meddai Yncl Peris gan danio'i bibell yn hamddenol. 'Ydi dy fam yn dweud pryd gaiff dy dad ddod adra?'

'Na – dydi hi ddim wedi clywed gair oddi wrtho fo.'

'Siŵr dy fod ti'n methu aros i'w weld o,' meddai Anti Gwyneth yn dawel, gan fynd â'i chwpan gwag at y sinc.

'Nadw! A meddyliwch pa mor grêt fydd cael y pump ohonon ni o dan yr un to unwaith eto! Mae Mam yn dweud ei bod hi wedi trefnu llond gwlad o betha i ni ei gwneud.'

'Fel be?' Gwenodd Yncl Peris drwy gwmwl o fwg melys wrth i Myfi eistedd gyferbyn ag o ar y setl fach dderw.

'Wel, rydan ni'n mynd i cael swpar sbesial y noson gynta y byddwn ni i gyd adra efo'n gilydd, a hoff fwyd pawb ar y fwydlen!'

'Mi fydd 'na lobsgows arni hi, gobeithio,' meddai Anti Gwyneth, gan wybod mai dyna oedd ffefryn Myfi.

'Bydd! Ac omlet jam, a phwdin bara! Fydd Dad heb gael hwnnw ers oes! A roli poli i Arthur ac Ifan. Mae Mam am ddechra safio'i *rations* o heddiw 'mlaen! A'r diwrnod wedyn, rydan ni i gyd yn mynd i fynd i Barc Bootle i chwarae criced yn y bore, a mynd ar gwch rhwyfo ar y llyn yn y pnawn!'

'Mae dy fam wrth ei bodd yn fanno,'

dywedodd Anti Gwyneth. 'Dyna lle y cyfarfu hi a dy dad. Mi neidiodd o i mewn i'w hachub hi pan syrthiodd hi i mewn i'r llyn . . .'

'Ond mae Mam yn medru nofio,' meddai Myfi mewn penbleth.

'Ydi, *rŵan*. Fi ddysgodd hi i nofio ar ôl y diwrnod hwnnw,' dywedodd Yncl Peris. 'Yn union fel y dysgais i ti pan ddoist ti yma i fyw.' Gwenodd Myfi wrth gofio'r gwersi nofio gafodd hi yn yr afon fach yn y cae dan tŷ. Bellach, roedd hi'n nofio fel pysgodyn. 'Mae Mam yn dweud y cawn ni fynd i lan y môr rywbryd hefyd, i hedfan barcud,' ychwanegodd, 'a chael tsips ar y ffordd adref.'

'Nefi, rwyt ti'n mynd i fod yn brysur ofnadwy ar ôl mynd yn ôl,' dywedodd Anti Gwyneth gan ymuno â Myfi ar y setl.

'Ydw! Fedra i ddim aros! Mi fydd o'n wych!'

'Mi wna inna fy ngorau glas i wneud yn siŵr y bydd y bythefnos nesaf 'ma'n wych hefyd,' ychwanegodd Anti Gwyneth.

'Rwyt ti'n bwriadu ei difetha hi'n rhacs, mae'n siŵr,' meddai Yncl Peris, gan rowlio'i lygaid yn ddireidus.

'Ydw wir, yn rhacs jibidêrs!' atebodd Anti Gwyneth.

Cadwodd Anti Gwyneth at ei gair, a chafodd Myfi amser gwych dros y bythefnos nesaf. Er nad oedd modd dianc rhag bwydo, godro a charthu'r anifeiliaid, Myfi oedd canolbwynt y sylw a phob dydd ar ôl yr ysgol, roedd Anti Gwyneth ac Yncl Peris yn gwneud yn fawr o'r amser oedd ganddyn nhw ar ôl gyda hi.

Aeth Anti Gwyneth a Myfi am dro droeon i fyny llwybr y mynydd i Lyn Llechen a golchi eu traed yn y dŵr grisial, glân, ac mi ddysgodd Yncl Peris hi sut i chwarae criced. Lwyddodd Myfi ddim hyd yn oed i gyffwrdd y bêl yn ystod ei gêm gyntaf – byddai'n bwrw awyr iach dro ar ôl tro wrth i'r bêl suo heibio iddi. Bu bron iddi roi'r ffidl yn y to, ond dysgodd Yncl Peris hi sut i ddal y bat yn iawn ac erbyn hyn gallai fwrw'r bêl mor bell nes eu bod nhw'n gorfod anfon Cynan i'w nôl hi o ben pellaf y buarth!

Hedfanodd y bythefnos heibio'n rhyfeddol o gyflym. Y diwrnod cyn i Edith Morris ddod i nôl Myfi o Fangor, penderfynodd Anti Gwyneth baratoi picnic 'hwyl fawr' i'r tri ohonyn nhw ar y boncen y tu ôl i'r tŷ, sef hoff fan Myfi yn Nhyddyn Grug. Crwydrai yno'n aml, a threulio oriau'n cael ei swyno gan yr olygfa islaw, a honno'n ymestyn yr holl ffordd i lan y môr. Byddai Myfi wastad yn teimlo'n fach fach pan eisteddai hi ar y boncen, ar gynfas byd oedd yn fawr fawr.

'Be sy ar dy feddwl di, pwt?' gofynnodd Anti Gwyneth wrth wylio Myfi'n syllu ar yr olygfa.

'Ydach chi'n cofio fel roedd arna i ofn gwartheg pan ddois i yma gynta?' gofynnodd Myfi wrth i fref buwch dorri ar y distawrwydd.

'Wel, doeddet ti erioed wedi gweld buwch o'r blaen, chwarae teg!' dywedodd Yncl Peris gan estyn am wy wedi'i ferwi'n galed o fasged bicnic Anti Gwyneth. 'Ac mae nhw'n betha mawr.'

'Wyt ti'n cofio trio godro Vera Lyn am y tro cynta?' gofynnodd Anti Gwyneth. 'Mi roddodd hi slap i ti efo'i chynffon, a tithau'n cael gymaint o sioc nes cicio'r bwced llefrith ar draws y beudy!'

'Ro'n i'n meddwl y baswn i'n cael andros o ffrae!' meddai Myfi, a chwarddodd y tri wrth gofio'r beudy'n nofio o lefrith.

'Ond rwyt ti'n giamstar ar odro rŵan,' meddai Anti Gwyneth.

'A chneifio!' broliodd Yncl Peris.

'A charthu'r beudy!' ychwanegodd Myfi.

'Mi fyddi di'n siŵr o golli'r carthu pan ei di 'nôl i Lerpwl!' heriodd Yncl Peris.

'O ha ha! Dim ffiars o beryg!'

'Roedd yn gas gan dy fam waith fferm. Dyna pam yr aeth hi o'ma i Lerpwl gynta medra hi.'

'Falla wir,' meddai Anti Gwyneth. 'Ond chei di neb gwell nag Edith am wneud gwaith tŷ! Mae hi'n gogydd gwerth chweil ac yn wniadwraig heb ei hail.'

'Mae hi am wneud ffrog newydd i mi erbyn daw Dad adra!' meddai Myfi.

'Mi fydd o adra cyn bo hir, efo dipyn o lwc,' dywedodd Yncl Peris gan lyncu'r darn olaf o'i wy.

Syllodd Myfi ar y ddau a daeth lwmp i'w gwddf. 'Mi fydd yn rhyfedd iawn peidio eich gweld chi a Cynan bob dydd,' meddai'n dawel.

'Mi fydd yn rhyfedd i ninnau hefyd, pwt.' Roedd llais Anti Gwyneth yn gryg, a'i llygaid yn llawn dagrau.

'Mi fedrwn ni ddod ar ein gwyliau acw, yn medrwn?' meddai Yncl Peris wrth geisio ysgafnhau'r awyrgylch.

Cododd Myfi'i chalon. 'Medrwch, wrth gwrs!

Rhaid i chi ddod â Cynan efo chi, cofiwch! Ac mae Gwenan yn bwriadu dod i aros hefyd!'

'Nefi, mi fydd y tŷ 'cw fel hotel!' ebychodd Anti Gwyneth gan wenu.

'Neu dun sardîns!' chwarddodd Myfi.

Yn sydyn, gwelodd y tri fan fach frown yn gyrru i lawr y lôn i gyfeiriad buarth Tyddyn Grug.

'Rargol, pwy sy 'na?' Cododd Yncl Peris ei ben a chraffu. 'Dydan ni ddim yn disgwyl neb heddiw . . .'

'Fan Sel Siop ydi honna,' meddai Myfi gan godi ar ei thraed. 'Tybed be mae o eisio?'

'Wn i'm. Falla 'i fod o wedi dod â Gwenan i ffarwelio efo chdi,' awgrymodd Anti Gwyneth wrth i'r tri ddechrau cerdded i lawr y boncen, a Cynan wrth eu cwt.

'Na, bora fory mae hi'n bwriadu dŵad i ddweud ta-ta.'

'Falla bod y cynlluniau wedi newid,' awgrymodd Yncl Peris, ond doedd dim sôn am Gwenan wrth i Sel Siop barcio'r fan o flaen drws y tŷ.

'S'mai Sel?' Chwifiodd Yncl Peris ei law wrth agor y giât a arweiniai o'r cae i'r buarth.

'Wel . . . ym . . .' Roedd wyneb Sel Siop fel y galchen.

'Ydach chi'n iawn, Sel?' gofynnodd Anti Gwyneth yn bryderus.

'Newydd gael galwad ffôn o Lerpwl . . . newyddion drwg . . .'

4

I Myfi, aeth y dyddiau nesaf heibio mewn rhyw niwl. Âi bywyd yn ei flaen yn Llanllechen – codai'r haul ar doriad gwawr, a machlud ar ddiwedd y dydd – ac âi pobl o gwmpas eu pethau fel arfer. Ond stopiodd popeth i Myfi am chwarter i bump y diwrnod hwnnw, pan ddaeth Sel Siop draw i ddweud fod ei mam wedi cael damwain yn y gwaith. Roedd perchennog y ffatri wedi ffonio'r siop, gan nad oedd ffôn yn Nhyddyn Grug, ac roedd yn loes calon i Sel mai fo oedd wedi gorfod torri'r newyddion drwg.

'Mi ddisgynnodd darn o aden awyren ar Edith yn y ffatri,' meddai'n dawel wrth i Myfi, Yncl Peris ac Anti Gwyneth syllu arno'n gegrwth. 'Wnaeth hi ddim dioddef. Mi laddwyd hi'n syth.'

Daliodd y tri i syllu arno, yn methu dweud gair na gollwng deigryn, gan eu bod mewn cymaint o sioc. Roedd y ffatri awyrennau lle gweithiai

Edith ar fin cau gan nad oedd angen adeiladu rhagor o awyrennau ymladd bellach, gyda'r rhyfel ar ben.

'Roedd hi yn y lle anghywir ar yr amsar anghywir,' ychwanegodd Sel. 'Ddrwg calon gen i orfod bod yr un i dorri'r newyddion . . .'

Diflannodd pob gronyn o liw o fochau Myfi. Roedd hi'n brwydro am ei hanadl, ac wrth i'w choesau blygu oddi tani, rhedodd Anti Gwyneth i afael ynddi. Ond doedd Myfi ddim eisiau i Anti Gwyneth ei chyffwrdd. Doedd hi ddim eisiau i neb ei chyffwrdd. Trodd a baglu ei ffordd ar draws y buarth tuag at y tŷ. Deuai cri fel anifail wedi'i glwyfo o'i chrombil, ac ar ôl cyrraedd ei hystafell wely, caeodd y drws yn glep ar ei hôl.

Gorweddodd ar ei gwely a griddfan, gan ail-fyw'r olygfa yn y buarth yn ei phen. Roedd ei mam wedi byw drwy flynyddoedd o fomio yn Lerpwl, a doedd o ddim yn gwneud synnwyr ei bod hi wedi cael ei lladd rŵan. Ddim pan oedd y rhyfel ar ben, a phethau ar fin mynd yn ôl i fel oedden nhw. Doedd o ddim yn iawn. Doedd o ddim yn *deg*!

Pan welodd Myfi'r cês bach du wrth draed ei gwely, a hwnnw wedi'i bacio'n barod iddi fynd yn ôl adref i Lerpwl, ffrwydrodd gwylltineb drwyddi. Neidiodd oddi ar y gwely a dechrau dyrnu'r cês – ei ddyrnu a'i ddyrnu nes bod ei dwylo'n goch a hithau'n brwydro am anadl.

Ac yna, daeth y dagrau o'r diwedd, fel rhaeadr i lifo i lawr ei bochau. Roedd hi'n dal i riddfan mewn poen pan deimlodd ddwy fraich nobl yn cael eu lapio o'i chwmpas. Y tro yma, wnaeth Myfi ddim troi i ffwrdd oddi wrth Anti Gwyneth. Yn hytrach, toddodd i mewn i'w chorff cynnes wrth i'r boen ei pharlysu. Ymunodd dagrau poeth y ddwy yn un llif di-stop, a theimlodd Myfi bâr arall o freichiau cadarn yn gafael ynddynt wrth i Yncl Peris yntau ddod i rannu eu galar.

Heidiodd pobl y pentref i Dyddyn Grug y noson honno wrth i'r newyddion ledu drwy'r ardal, a chyn bo hir roedd y tŷ'n drwm dan ddilyw o ddagrau a dillad du. Er ei bod hi wedi byw yn Lerpwl ers deunaw mlynedd, roedd Edith Morris, mam Myfi, wedi'i geni a'i magu yn yr ardal, ac roedd y gymdeithas yn awyddus i ddangos eu cydymdeimlad.

Eisteddai Myfi fel delw ar setl y gegin, yn syllu

i'r tân. Teimlai'n annifyr, achos wyddai hi ddim beth i'w ddweud na'i wneud pan ddeuai'r cymdogion ati i'w chofleidio hi. Teimlai'n bell oddi wrth bawb – er ei bod hi yng nghalon yr ystafell – ac roedd yr hyn ddywedodd ei mam wrthi bedair blynedd yn ôl yng ngorsaf fysiau Bangor yn mynd rownd a rownd yn ei phen.

'Mi fydd pob dim yn iawn ar ôl y rhyfel. Dw i'n addo, Myfi.' Dyna ddywedodd hi. Dyna addawodd hi. Ond doedd pethau *ddim* yn iawn, nac oedden nhw? Fydden nhw byth yn iawn eto.

Y peth cyntaf y bore wedyn, galwodd Gwenan i weld Myfi. Roedd ei hwyneb yn llwyd fel lludw yn erbyn ei phlethi coch, a'i llygaid llwydlas yn edrych yn fawr ac ofnus yn ei phen. Er mai Myfi oedd ei ffrind gorau, doedd gan Gwenan ddim syniad beth i'w ddweud wrthi. Doedd dim y gallai ei ddweud i'w chysuro, a theimlai Gwenan yn ansicr ac ofnus wrth gerdded i mewn i'r gegin.

Eisteddai Myfi ar y setl yn mwytho Cynan, ei meddwl yn bell i ffwrdd. Doedd Cynan ddim wedi ei gadael o gwbl ers y noson cynt. Roedd yn amlwg yn synhwyro ei bod yn drist, a dilynai hi i bobman. Cododd Myfi ei phen pan welodd hi Gwenan, a symudodd i wneud lle iddi ar y setl. Dod draw i Dyddyn Grug i ffarwelio â Myfi cyn iddi fynd yn ôl i Lerpwl – dyna roedd Gwenan wedi bwriadu ei wneud y bore hwnnw, nid dod draw i gydymdeimlo – doedd ganddi ddim syniad ble i ddechrau.

'Ym . . . yli . . . Dw i . . . ddim . . . wn i'm be i'w ddweud . . .' dechreuodd Gwenan, ond roedd y geiriau'n mynd yn sownd yn ei gwddw. Estynnodd dedi bach melyn, moel o boced ei chôt a'i roi i Myfi. Er bod y ddwy'n llawer rhy hen i chwarae â theganau meddal, byddai Gwenan wastad yn troi at ei hen dedi pan fyddai angen cysur.

'I chdi . . .'

'Fedra i'm cymryd Moelun gen ti, siŵr.'

'Cymera fo,' mynnodd Gwenan, a sylweddolodd Myfi mai dyma'i ffordd hi o drio'i chysuro.

Bu'r ddwy'n eistedd ar y setl am hydoedd heb ddweud gair, ac Anti Gwyneth yn ffysian o'u cwmpas fel hen iâr. Gwrthododd Myfi bob cynnig i wneud unrhyw beth, fel mynd am dro. Roedd yn well ganddi wylio'r tân yn mygu yn y grât nes y deuai Yncl Peris adref. Roedd o wedi mynd i Siop Sel i ffonio'r ffatri i ofyn am ragor o fanylion am y ddamwain, a doedd Myfi ddim yn bwriadu symud modfedd nes iddi glywed beth oedd ganddo i'w ddweud.

O'r diwedd, cerddodd Yncl Peris i mewn, yn edrych fel petai wedi heneiddio ddeng mlynedd. Edrychai'n hagr, ac roedd cysgodion tywyll o dan ei lygaid. Roedd o'n dal i fethu credu bod Edith, ei chwaer fach, wedi mynd.

'Deg o'r gloch bore ddoe digwyddodd y ddamwain,' meddai gan ollwng ei hun yn flinedig i gadair gyferbyn â Myfi a Gwenan. 'Cael ei bwrw ar ei gwegil wnaeth Edith. Wnaeth hi ddim diodda, yn ôl ei bòs, ac mae hynny'n gysur, yn tydi?'

Nododd Myfi. Doedd hi ddim eisiau gorfod meddwl am ei mam yn dioddef.

'Dydd Sadwrn mae'r cynhebrwng, am ddau o'r gloch yng nghapel Seilo, Lerpwl.'

'Pwy sy'n trefnu?' gofynnodd Anti Gwyneth gan estyn paned i Yncl Peris.

'Jini.' Hi oedd ffrind gorau Edith, ac roedd hi'n byw ar draws y ffordd. 'Mae Arthur ac Ifan wedi mynd i aros ati.'

'Sut maen nhw?' holodd Anti Gwyneth.

'Ar goll, fel y medri di ddychmygu,' atebodd Yncl Peris, a'i lais yn torri.

Gwyddai Myfi y byddai ei brodyr yn teimlo'n union fel hi. Bydden nhw ar gyfeiliorn. Ond o leiaf roedden nhw wedi mynd yn ôl i Lerpwl o'i blaen hi, ac wedi treulio tridiau gyda'u mam cyn y ddamwain. Byddai Myfi'n gwneud unrhyw beth i gael treulio tridiau gyda'i mam. Tri diwrnod. Tair awr. Tri munud. Ond châi hi, mwy na'i thad, fyth mo'r cyfle i wneud hynny bellach.

'Oes 'na rywun wedi cysylltu efo Dad?' gofynnodd Myfi.

'Mi fydd bòs y ffatri'n gyrru teligram i'w gatrawd,' atebodd Yncl Peris.

Ceisiodd Myfi ddychmygu sut y byddai Dad druan yn teimlo pan glywai'r newyddion. Roedd o wedi goroesi blynyddoedd o frwydro ar y cyfandir, dim ond i gael ergyd farwol ar stepen ei ddrws. Roedd bywyd yn greulon . . .

'Fydd o ddim yn medru mynd i'r cynhebrwng,' sylweddolodd Myfi.

Nodiodd Yncl Peris.

'Wel, dydw innau ddim yn bwriadu bod yno chwaith.'

Edrychodd Yncl Peris ac Anti Gwyneth ar ei gilydd yn llawn consýrn.

'Pam, pwt?' gofynnodd Anti Gwyneth.

'Dw i ddim eisio mynd yn ôl i Lerpwl os nad ydi Mam yno!'

'Mi fydd Arthur ac Ifan yno,' meddai Anti Gwyneth yn garedig, 'ac mi fyddan nhw am dy gael di efo nhw.'

'Fydd Dad ddim! Be ydi'r pwynt o fynd adra os nad ydi Dad na Mam yno?'

Byddai Myfi wedi rhoi'r byd am gael swatio yng nghesail ei thad yr eiliad honno, fel yr arferai wneud pan oedd hi'n hogan fach ac eisio cysur. Ond doedd Myfi ddim yn hogan fach bellach. A doedd ei thad ddim yno chwaith.

'Dwyt ti ddim yn meddwl y dylet ti fynd i ffarwelio efo dy fam, Myf?' mentrodd Yncl Peris yn ofalus.

'Dw i ddim eisio'i gweld hi mewn arch!' gwylltiodd Myfi. 'Dw i eisio'i chofio hi fel roedd hi, yn chwerthin ac yn canu – ddim yn cael ei rhoi mewn twll du! Fedrwch chi mo 'ngorfodi i fynd i'r cynhebrwng! Fedrwch chi ddim!' llefodd gan redeg ar draws y gegin ac i'w stafell wely. Caeodd y drws â chlep – digon uchel i wneud i'r tŷ grynu.

Soniodd neb air pellach am y cynhebrwng, ac ar y dydd Gwener aeth Yncl Peris i Fangor i ddal bws i Lerpwl, yn gwisgo'i siwt ddu. Arhosodd Anti Gwyneth gyda Myfi yn Nhyddyn Grug.

Bu Myfi'n dawedog iawn drwy'r dydd Gwener hwnnw, a ddywedodd hi 'run gair drwy'r dydd Sadwrn chwaith. Wrth i fysedd y cloc gripian tuag at ddau o'r gloch, cydiodd yn ei horgan geg ac anelu at y drws, a Cynan wrth ei chwt.

'Lle wyt ti'n mynd?' gofynnodd Anti Gwyneth.

'I ben y boncen.'

'Ddo i efo chdi, pwt,' atebodd Anti Gwyneth ar unwaith, gan sychu'i dwylo ar ei ffedog.

Roedd Myfi wastad yn teimlo fel smotyn bach ar gynfas byd mawr, mawr pan eisteddai ar ben y boncen – a heddiw teimlai hyd yn oed yn llai nag arfer. Cynhebrwng ei mam oedd ar ei meddwl, wrth gwrs. Dychmygai Arthur ac Ifan yn fferru o oerfel yn eu dillad duon ar lan y bedd, ac Yncl Peris yn llyncu'i ddagrau. Ond am ei mam y meddyliai'n bennaf, a phan glywodd, o bell, y cloc yn taro dau o'r gloch, cododd Myfi ei horgan geg i'w gwefusau a dechrau chwarae hoff gân ei mam, sef *We'll meet again*. Llithrodd y nodau cyfarwydd o'r organ geg, gyda Cynan yn gwylio Myfi'n ofalus, ei ben ar un ochr. Wrth i'r awel gipio nodau'r alaw a'u gwasgaru i'r pedwar gwynt, sychodd Anti Gwyneth y dagrau oedd yn mynnu llithro i lawr ei hwyneb.

Chyffyrddodd Myfi 'run tamed o'i swper y noson honno, ac aeth i'w stafell yn gynnar. Ond aeth hi ddim i'w gwely, chwaith. Yn hytrach, eistedd ar y gist fechan o dan y ffenestr wnaeth hi, gan syllu allan. Roedd hi'n noson glir a'r sêr yn goleuo'r awyr fel diemwntau ar ddarn o felfed du. Pan sbeciodd Anti Gwyneth i mewn ryw hanner awr yn ddiweddarach, roedd Myfi'n dal i eistedd ar y gist yn syllu drwy'r ffenestr.

'Be ti'n wneud yn fan'na, pwt?' gofynnodd Anti Gwyneth. 'Mi fyddi di wedi rhewi.'

Trodd Myfi i edrych arni, a'i llygaid yn llawn dagrau. 'Be wna i, Anti Gwyn?' sibrydodd. 'Be wna i heb Mam?'

Camodd Anti Gwyneth ati ar unwaith a'i chofleidio.

'Ro'n i wedi edrych ymlaen gymaint at gael mynd adref,' ychwanegodd Myfi. 'Roedd Mam am wneud swper sbesial ar ôl i Dad ddod adre, yn doedd? Roedden ni i gyd am fynd i Barc Bootle i chwarae criced a rhwyfo. Ddigwyddith hynny byth rŵan . . .'

'Mi fedrwch chi ddal i fynd yno pan ddaw dy dad yn ôl.'

'Be os na ddaw o? Be os digwyddith rhywbeth iddo *yntau* ar y ffordd adra?'

'Fydd o'n iawn, siŵr.'

'Wyddoch chi mo hynny! Wyddoch chi na neb arall be sy rownd y gornel!'

'Mi ddaw dy dad adra, Myfi,' meddai Anti Gwyneth yn bendant.

'Ond ddaw Mam ddim! A fedra i'm credu na cha i siarad efo hi byth eto.'

'Mi fedri di ddal i siarad efo hi, pwt,' meddai Anti Gwyneth gan ei gwasgu hi i'w chesail. 'Falla nad ydi hi yma efo ni rhagor, ond mi fydd hi wastad yn gwylio drostat ti ac Arthur ac Ifan.'

Syllodd Myfi arni'n ddryslyd. 'Be dach chi'n ei feddwl?'

'Mae hi i fyny fan'na, yli – yn edrych i lawr arnat ti.' Pwyntiodd Anti Gwyneth i'r awyr uwchben, ac wrth iddi wneud hynny winciodd un seren fach wen arnynt yn loywach na'r gweddill.

'Ydach chi'n meddwl mai Mam ydi honna?' gofynnodd Myfi gan syllu ar y seren.

'Ydw. A phan fyddi di eisio siarad efo hi, cofia di siarad efo'r seren fach yna,' meddai Anti Gwyneth. 'Mi fyddi di'n teimlo'n well wedyn.'

Syllodd Myfi ar y seren fach wen. *Mae Anti Gwyneth yn iawn,* meddai wrth'i hun. *Mae meddwl am Mam yn gwylio drosta i'n gwneud i mi deimlo'n llawer gwell.*

Cododd Myfi ei llaw at ei gwefus a'i chusanu. Yna chwythodd y gusan i gyfeiriad y seren fach wen.

'Nos da, Mam,' sibrydodd. 'Caru ti . . .'

5

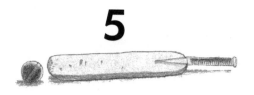

Arhosodd Myfi yn Nhyddyn Grug am ddeufis arall, ond o'r diwedd gwawriodd y dydd pan oedd raid iddi wynebu mynd yn ôl i Lerpwl. Bellach, roedd hi wedi'i gwasgu rhwng Yncl Peris ac Anti Gwyneth ar sedd gefn bws coch Evans Motors ac ar ei ffordd i Fangor i ddal y bws i Lerpwl.

Roedd ei thad wedi anfon llythyr ati ddiwedd yr wythnos cynt i ddweud ei fod wedi cyrraedd yn ôl i 13 Gabriel Street yn ddiogel, a'i fod yn edrych ymlaen at ei chael hi adref. Roedd clywed ei fod wedi cyrraedd yn ôl – o'r diwedd – yn rhyddhad enfawr i Myfi, ac roedd hi'n ysu am gael ei weld. Y bore 'ma roedd hi wedi pacio'i chês bach du ac wedi ffarwelio â Cynan a Gwenan. Dim ond rhyw lyfiad glafoeriog ar draws ei gên gafodd hi gan Cynan wrth iddi ddweud ta-ta wrtho, ond roedd Gwenan yn torri'i chalon.

'Ti *yn* cofio mod i'n dod i aros atat ti yn Lerpwl, dwyt?'

'Ydw.'

'Pryd ga i ddod?'

'Wn i'm. Ga i weld sut bydd petha ar ôl i mi gyrraedd adref.'

'Wel, paid â ffeindio ffrind gora newydd, iawn?'

'Na chditha,' dywedodd Myfi. 'Os mêts . . .'

'Mêts . . .' ychwanegodd Gwenan, cyn i Anti Gwyneth gyhoeddi ei bod hi'n hen bryd iddyn nhw gychwyn.

Roedd y bws i Lerpwl yn llawn dop wrth iddo ffrwtian heibio i'r caeau a'r bryniau, y pentrefi a'r trefi ar hyd ffordd arfordir Gogledd Cymru. Roedd yn annifyr o fyglyd hefyd, gan fod nifer o'r teithwyr yn ysmygu cetyn neu sigaréts.

Câi Myfi gip ar fôr llwydlas bob hyn a hyn wrth i'r bws stopio i godi a gollwng pobl. Er ei bod hi'n un fusneslyd wrth natur, doedd ganddi fawr o ddiddordeb yn y teithwyr eraill heddiw – doedd dim byd ar ei meddwl heblaw trio dychmygu sut y byddai hi'n teimlo pan welai ei thad am y tro cyntaf.

Bu'n dyheu am y foment yma. Yn breuddwydio amdani dro ar ôl tro. Dychmygai weld ei thad yn aros amdani yng ngorsaf fysiau Lerpwl – dyn talsyth a balch, gwên heulog ar ei wyneb, a'i wallt du'n sgleinio fel y frân. Byddai Myfi'n hyrddio'i hun i'w freichiau, a chyn gynted ag y teimlai freichiau cryf ei thad yn gafael amdani, roedd Myfi'n siŵr y byddai'n teimlo'n well nag y gwnaeth hi ar unrhyw adeg drwy gydol y deufis diwethaf.

'Hei, rydan ni bron yna.' Torrodd llais Yncl Peris ar draws meddyliau Myfi.

'Ydan?' gofynnodd Myfi'n syn gan sylwi'n sydyn bod glesni'r caeau a'r bryniau wedi diflannu, a bod pobman bellach yn edrych yn llwyd a diflas.

'Rydan ni newydd fynd i mewn i'r twnnel dan yr afon Mersi,' meddai Anti Gwyneth. 'Sylwaist ti ddim?'

Ysgydwodd Myfi'i phen yn ddryslyd. Pan ddaethant allan y pen arall i'r twnnel, teimlai Myfi fel petai hi wedi glanio mewn byd arall. Roedd popeth o'i chwmpas yn hyll, ac adeiladau hardd strydoedd cyfarwydd ei chof wedi'u trawsnewid yn llwyr. Yn hytrach na rhesi hir o adeiladau mawr urddasol, roedd popeth bellach yn shabi a budr, a bylchau duon fel dannedd coll yn staenio'r strydoedd lle roedd y bomiau wedi chwalu tai, siopau a swyddfeydd yn ddarnau mân.

Roedd mynyddoedd o rwbel ym mhobman, nifer o gapeli ac eglwysi'n ddim ond adfeilion, a phlant tenau, budr yr olwg, yng nghanol y llanast a chathod a chŵn yn cyfarth a chwffio o'u cwmpas. Lledodd llygaid Myfi mewn syndod wrth i'r bws droi i mewn i Paradise Street – doedd dim golwg bellach o'r Paradise Cinema na'r Mersey Chippy, a dim ond archoll ddofn oedd ar ôl lle roedd siop fferins Bumbles yn arfer bod.

'Prin dw i'n adnabod y lle,' sibrydodd Myfi, ei llais yn llawn braw a sioc.

'Ia, wel, mae bob dim wedi newid ar ôl y rhyfel dydi, pwt,' dywedodd Anti Gwyneth. 'Mae'r hen fomiau 'na wedi dinistrio rhannau helaeth o'r ddinas.'

Saethodd ias drwy Myfi wrth i'r bws droi i mewn i Station Avenue, achos doedd ganddi ddim syniad beth i'w ddisgwyl. Pan ddaeth yr adeilad carreg melyn, cyfarwydd, i'r golwg rhoddodd Myfi ochenaid o ryddhad wrth weld bod yr orsaf yn dal i sefyll yn gadarn, er gwaethaf effaith y bomiau. Er bod Myfi'n eistedd yn y sedd gefn, hi oedd y person cyntaf i ddod oddi ar y bws. Bwrodd arogl petrol, rwber a mwg hi wrth iddi neidio ar y platfform a byddarwyd hi gan sŵn cyrn yn canu, teiars yn gwichian a chlebran pobl brysur yn rhuthro i bob cyfeiriad. Roedd degau o bobl ar y platfform, a dechreuodd llygaid Myfi gribo'r torfeydd am yr arwr roedd hi'n disgwyl ei weld. Ond welai hi ddim golwg o'i thad yn unman.

'Mi addawodd Dad y byddai o yma'n aros amdana i!' ebychodd Myfi mewn llais dagreuol.

'Mi fydd o yma mewn chwinciad mae'n siŵr,' dywedodd Anti Gwyneth.

'Be os oes 'na rywbeth wedi digwydd iddo fo?' Cododd panig yng ngwddf Myfi. 'Be os ydi yntau wedi cael damwain hefyd?' Nid fel hyn y dychmygodd hi bethau. Nid fel hyn roedden nhw i fod!

'Sbia,' meddai Yncl Peris gan bwyntio at ddyn oedd yn gwthio'i ffordd drwy'r torfeydd tuag atyn nhw. Ond doedd Myfi ddim yn ei adnabod. Roedd cefn y dyn yma'n grwm, craith wen yn hollti'i dalcen, ei fochau'n bantiog a'i wallt yn frith. Yna gwenodd y dyn arni.

'Dad?' meddai Myfi'n ansicr.

Lapiodd dwy fraich esgyrnog o gwmpas Myfi. 'Rwyt ti 'run ffunud â dy fam,' meddai Eryl Morris mewn llais llawn teimlad, gan ei chofleidio'n dynn. Meddyliodd Myfi nad oedd o byth am adael iddi fynd.

Gwrthododd Yncl Peris ac Anti Gwyneth yn lân â dod 'nôl i 13 Gabriel Street. Roedd yn rhaid iddyn nhw ddal y bws cyntaf adref, gan na allen nhw adael yr anifeiliaid yn rhy hir. Felly, ar ôl paned sydyn ym mar coffi myglyd yr orsaf fysiau, cyhoeddodd Anti Gwyneth ei bod hi'n amser iddyn nhw fynd. Cyflymodd curiad calon Myfi wrth glywed ei geiriau. Er cymaint yr edrychai ymlaen at weld ei thad, roedd meddwl am y foment yma wedi achosi oriau o golli cwsg iddi. Roedd Anti Gwyneth ac Yncl Peris wedi bod yn bopeth iddi am bedair mlynedd – a rŵan roedden nhw ar fin ei gadael. Byddai'n golled aruthrol iddi hi.

'Diolch i chi'ch dau am edrych ar ei hôl hi,' meddai Eryl Morris gan godi ar ei draed, ysgwyd llaw Yncl Peris a chofleidio Anti Gwyneth.

'Pleser,' atebodd Yncl Peris, gan chwalu cyrls Myfi. 'Roedden ni'n dau wrth ein boddau'n ei chael hi. Mae hi'n gredit i ti ac Edith.'

Daeth lwmp i wddw Eryl Morris pan glywodd y geiriau hynny, ond ddywedodd o 'run gair. Roedd colli'i wraig mor sydyn wedi bod yn ergyd drom iddo, a wyddai Myfi ddim ai'r galar, neu'r rhyfel, neu gyfuniad o'r ddau oedd wedi achosi i'w thad heneiddio gymaint. Doedd o'n ddim byd tebyg i'r dyn direidus oedd wedi mynd i'r rhyfel flynyddoedd yn ôl, ac wrth i Myfi drio gwneud synnwyr o'r newid ynddo, tynnodd Anti Gwyneth hi tuag ati.

'Cofia fod yn hogan dda i dy dad, pwt,' meddai gan syllu i wyneb Myfi, ac roedd y dagrau'n bygwth llifo unwaith eto.

'Hei, dim dagrau! Dyna ddywedon ni, yntê Gwyneth!' meddai Yncl Peris, gan geisio ysgafnhau'r awyrgylch.

'Sori,' snwffiodd hithau. 'Ond mae gen i hiraeth yn barod. A chofia di, mi fydd 'na wastad groeso i ti yn Nhyddyn Grug, Myfi. Ti'n gwybod hynny, dwyt?'

Nodiodd Myfi wrth i ddagrau lenwi'i llygaid hithau hefyd.

Ar ôl rhoi un cwtsh arall i Myfi, plethodd Yncl

Peris ei fraich ym mraich Anti Gwyneth ac o fewn eiliadau roedd y ddau wedi diflannu i ganol y platfform prysur. Syllodd Myfi ar eu holau . . .

'Reit, *home James,* ia?' meddai Dad gan droi at Myfi a lapio'i law fawr o gwmpas ei llaw fach hi. Wrth iddo wneud hynny, teimlodd Myfi y lwmpyn o groen caled oedd wedi hel o dan ei fodrwy briodas. Roedd o'n wydn a phigog, yn union fel oedd o bedair blynedd yn ôl, a chafodd Myfi gysur yn y teimlad cyfarwydd hwnnw.

Suodd pêl fel bwled heibio i ben Eryl Morris wrth iddo wthio drws ffrynt 13 Gabriel Street yn agored. 'Dycia, Myfi!' gwaeddodd cyn rhuthro i lawr y cyntedd tywyll. 'Arthur Morris, be dw i wedi'i ddweud wrthat ti am chwarae pêl yn y tŷ?!'

Ymddangosodd llabwst ger gwaelod y grisiau, ei wallt cyrliog yn ddu fel y frân, ei wyneb yn blastar o frychni haul a thamed o dro yn ei drwyn.

'Sori, Dad!' meddai Arthur wrth i labwst arall ymddangos wrth ei gwt. Roedd y ddau 'run ffunud â'i gilydd.

'Ia, sori Dad!' meddai Ifan fel eco.

'Bu bron i'r bêl 'na fwrw Myfi, hogia!'

'Ond wnaeth hi ddim, naddo!' meddai Arthur gan wincio ar ei chwaer fach. 'Iawn, Myfi?'

'Iawn, Myfi?' adleisiodd Ifan, gyda winc arall.

Roedd Myfi'n methu credu wrth weld y newid yn yr efeilliaid ers iddi eu gweld ddydd Calan. Daeth y ddau draw i Dyddyn Grug i dreulio'r Nadolig, tra oedd eu mam yn aros yno, ond roedd y ddau wedi prifio llawer ers hynny ac edrychent yn llawer hŷn na phedair ar ddeg.

'Ti jest â llwgu gobeithio?' gofynnodd Arthur. 'Achos 'da ni wedi paratoi sgram i ti!'

'Sgram sbesial!' ychwanegodd Ifan.

Dilynodd Myfi ei thad a'i brodyr ar hyd cyntedd tywyll y tŷ, a'i lawr o deils coch, heibio i'r parlwr ac i mewn i'r gegin gefn. Roedd y gegin yn union 'run fath ag oedd hi bedair blynedd yn ôl – ond pedair, nid pump, o gadeiriau oedd o gwmpas y bwrdd rŵan.

'Eistedda, Myfi . . .' meddai Dad, wrth i Myfi sylwi ar y pedwar plataid o frechdanau letys oedd ar y bwrdd. Roedd y fwydlen yn wahanol iawn i'r wledd roedd Edith Morris wedi'i chyflwyno i'w croesawu nhw i gyd adref. Ond roedden nhw wedi prynu pedwar *Kit Kat* a'u gosod ar ganol y bwrdd yn ymyl y tebot.

'Hoff felysion Mam,' meddai Myfi wrth iddi eistedd.

'Dyna pam brynon ni nhw,' meddai Arthur. Oedodd am eiliad cyn ychwanegu, 'a bechod na fasa hi yma 'te . . .'

'Ia. Mae hi mor od hebddi,' meddai Myfi gan edrych o'i chwmpas a hanner disgwyl i'w mam ddod i mewn yn hymian *We'll meet again.*

'Dydi petha ddim 'run fath,' meddai Ifan yn ddistaw. 'Fydd petha byth 'run fath. Gen i andros o hiraeth amdani.'

'A fi.'

'A finna.'

'Ddown ni i arfer,' meddai Eryl Morris yn ddistawach fyth. 'Does gennym ni ddim dewis.'

Bu'r pedwar yn bwyta mewn tawelwch am ychydig, a phawb ar goll yn eu hatgofion bach eu hunain. Chymerodd hi fawr o amser iddyn nhw glirio'u platiau, yna cododd Arthur ar ei draed, ac Ifan wrth ei gwt.

'Hei, be fyddai Mam yn ei ddweud ar ôl i ni gael te?' gofynnodd Arthur.

'Ewch allan i chwarae, yn lle bod dan draed!' atebodd Ifan gan wenu.

'Ia! Felly be am gêm o griced? Dad?'

'Fawr o awydd,' atebodd Eryl Morris.

'Dowch 'laen! Dydach chi ddim wedi chwarae efo ni unwaith ers i chi ddod adra,' mynnodd Ifan.

'Dim awydd medda fi, reit?'

Cyn iddo fynd i ffwrdd i'r rhyfel, prif ddiddordeb Eryl Morris oedd chwarae criced. Roedd o'n fwy o ffanatig nag Yncl Peris, hyd yn oed.

'Plîs, Dad?'

'Na! Peidiwch â swnian 'newch chi!'

Y peth olaf oedd Myfi ei eisio ar ei diwrnod cyntaf adref oedd ffrae. Cododd ar ei thraed. 'Mi ga i gêm efo chi,' meddai.

'Dim ond hogan wyt ti!' meddai Ifan.

'Mae genod yn medru chwarae criced, hefyd, 'sti!'

'Ydyn – yn anobeithiol!' meddai Arthur gan rowlio'i lygaid.

'Hy!' Cipiodd Myfi'r bêl ledr goch a'r bat, martsio i lawr y cyntedd, ac allan drwy'r drws ffrynt. 'Ro'n i'n chwarae criced drwy'r amsar cyn i mi adael Tyddyn Grug!'

'Doeddet ti ddim hyd yn oed yn hoffi criced ers talwm!' mynnodd Arthur wrth i Ifan ac yntau ei ddilyn i'r stryd.

'Ers talwm oedd hynny! Mi ddangosa i i chi be

'di be!' meddai, gan daflu'r bêl at Arthur. 'Bowlia di, mi fatia inna!'

'Www, mae 'na rywun yn ffansïo'i hun!' meddai yntau wrth gymryd ei safle'n is i lawr y stryd. 'Ti *yn* gwybod mai fi ydi'r bowliwr cyflyma yn Lerpwl dwyt? Mi fydd hi'n wyrth os llwyddi di i fwrw'r bêl, hyd yn oed!'

'Jest bowlia!' meddai Myfi gan sgwario ar y palmant a chydio'n dynn yn y bat, yn union fel y dysgodd Yncl Peris hi. Safodd Ifan y tu ôl iddi gan baratoi i ddal y bêl, yn ffyddiog na fyddai Myfi'n llwyddo i'w bwrw hyd yn oed.

'Barod?' gwaeddodd Arthur.

'Barod!'

Hyrddiodd Arthur y bêl tuag at Myfi. Cododd hithau'r bat ac anelu, cyn taro'r bêl â'i holl nerth. Suodd y bêl i'r awyr a diflannu fel seren wib y tu ôl i do tŷ Jini yr ochr arall i'r ffordd.

'Be ddywedoch chi am genod yn chwarae criced yn anobeithiol?' gofynnodd Myfi.

'Waw!' chwibanodd Arthur ac Ifan fel un. 'Mae petha wedi newid yn arw mewn pedair blynedd!'

Ac roedden nhw'n dweud calon y gwir.

6

Bang! Daeth sŵn ffrwydrad uchel o gyfeiriad y gegin. Bang! Bang!

Saethodd Myfi allan o'r tŷ bach yn yr iard gefn a rhedeg i'r tŷ. Wrth gyrraedd y drws cefn stopiodd yn stond. Roedd waliau'r gegin, y to a'r llenni, yn strempiau o wy! Roedd y sosban ar y stôf baraffin wedi berwi'n sych a'r wyau oedd yn berwi ynddi wedi ffrwydro i bobman.

'Beth yn y byd sy'n digwydd?' gwaeddodd Arthur gan chwyrlïo i lawr o'r llofft, ac Ifan wrth ei gwt.

'Mae'n cinio ni ar y to,' atebodd Myfi wrth i ddarn o blisgyn ddisgyn oddi ar y nenfwd a glanio'n glatsh yn ei gwallt.

'Wel, am olwg!' Chwarddodd Arthur wrth ei gweld.

'Ac am ogla ofnadwy! Ych a fi!' ebychodd Ifan yn uwch ac ymuno â chwerthin ei frawd.

Dechreuodd Myfi biffian hefyd wrth iddi bigo'r plisgyn o'i gwallt a rhythu ar y darnau wy oedd fel cenllysg melyn dros y gegin.

'Am lanast!' meddai. 'Pwy adawodd i'r sosban 'ma ferwi'n sych?'

'Fi!' cyfaddefodd Eryl Morris wrth ymuno â'i blant yn y gegin. Teimlai'n rêl ffŵl. 'Mae'r wyau'n berwi ers dros awr. Anghofiais i bopeth amdanyn nhw.'

'Da-ad, ble mae'ch meddwl chi?' meddai Arthur, a chwarddodd y tri phlentyn eto.

'Dydi o'm yn ddoniol!' brathodd Eryl Morris. 'Beth gawn ni i ginio rŵan?'

Un wy yr un roedden nhw'n ei gael bob wythnos, gan fod y dogni'n dal mewn grym, ac roedd Eryl Morris yn ddig gyda fo'i hun am eu gwastraffu. Nid hwn oedd y tro cyntaf iddo wneud llanast yn y gegin, chwaith. Roedd o wedi llosgi tost y diwrnod cynt, a difetha sosbenaid gyfan o uwd drwy roi pupur ynddi yn lle halen. Doedd o ddim wedi arfer coginio. Edith oedd wastad wedi gofalu am bethau felly, ac roedd o ar goll hebddi hi.

'Mi wna i ginio i ni,' meddai Myfi. 'Be am i chi'ch tri llnau'r llanast 'ma tra mod i wrthi?'

'Chdi?' gofynnodd Eryl Morris yn syn. 'Ers pryd wyt ti'n medru coginio?'

'Ddysgodd Anti Gwyneth fi!' atebodd Myfi. 'Mi fedra i wneud tatws llaeth. Cawl. Crempogau ac omlets. Ac mi wna i swper i ni heno 'ma hefyd, os leciwch chi.'

'Wir?' Goleuodd Arthur ac Ifan. Roedden nhw wedi gorfod byw ar frechdanau byth ers i'w tad ddod adref – gan na fedrai o losgi'r rheini – ac roedd meddwl am gael pryd poeth yn tynnu dŵr o'u dannedd.

'Gwnaf siŵr.'

'Wel, os felly, mi fedra i dreulio'r pnawn yn chwilio am waith,' dywedodd Dad.

Roedd y Lufftwaffe wedi chwythu'r iard goed lle'r arferai weithio cyn y rhyfel yn rhacs jibidêrs, a bu'n curo ar ddrysau'n ddiwyd yn chwilio am waith byth ers iddo ddod adref. Chafodd o ddim lwc, gan fod degau o ddynion yn yr un sefyllfa, a bellach roedd o'n dechrau poeni go iawn am sut i gadw'r blaidd o'r drws a chynnal ei deulu.

'Champion,' meddai Myfi. 'Mi gawn ni frechdan jam i ginio, ac mi wna i rywbeth gwell i swper!'

'Ddown ni efo chi i chwilio am waith, Dad,' cynigiodd Arthur.

'Down,' cytunodd Ifan. 'Glywais i eu bod nhw'n chwilio am labrwyr yn yr Atlantic Dock.'

'Do? Reit, awn ni yno'n syth ar ôl cinio 'ta.'

'Newidiwch eich crys gynta,' dywedodd Arthur gan bwyntio at y staen te ar grys ei dad. 'I chi gael gwneud argraff dda.'

'Daria!' melltithiodd ei dad. 'Un crys glân 'sgen i ar ôl.'

'Sy'n fwy na 'sgen i,' meddai Ifan.

'Dw i ddim wedi cael cyfla i olchi, naddo!' cyfaddefodd ei dad.

Roedd y pentwr o sanau, crysau a thronsiau budr wrth y drws cefn yn tyfu'n ddyddiol, a doedd gan Eryl Morris ddim awydd o gwbl i daclo'r mynydd sur ar ôl bod allan drwy'r dydd yn chwilio am waith.

'Wnaiff Myfi olchi i ni,' meddai Arthur.

'Dim ffiars o beryg!' brathodd Myfi. 'Pam na wnei di o?'

'Dw i'n mynd allan efo Dad!'

'A ti'n disgwyl i mi slafio yn y tŷ drwy'r pnawn?'

''Sgen ti ddim byd arall i'w wneud!' dywedodd Arthur, ac roedd hynny'n wir. Doedd Hilda-Ann, ffrind gorau Myfi yn Gabriel Street, ddim wedi dod adref ar ôl y rhyfel, a doedd gan Myfi neb i chwarae gyda hi.

'Reit, dyna hynna wedi'i sortio, felly,' meddai Ifan. Cyn i Myfi gael cyfle i brotestio ymhellach, diflannodd Eryl Morris i newid ei grys, a sgrialodd yr efeilliaid o'r gegin ar wib.

Roedd hi'n rhy gynnar i Myfi ddechrau paratoi swper, gan na fyddai ei thad a'r efeilliaid adref am sbel, felly penderfynodd fynd i'r afael â'r mynydd o ddillad budr. Aeth i nôl y twb golchi haearn a grogai ar wal yr iard gefn, a berwi sawl llond tegell o ddŵr i'w roi ynddo. Roedd angen wyth llond tegell i lewni hanner y twb, wedyn roedd Myfi'n barod i ddidoli'r mynydd o ddillad budr ac estyn am y sebon coch a'r bwrdd sgwrio.

Ar ôl golchi'r dillad, eu swilio mewn dŵr glân, a'u gwasgu cystal ag y gallai, roedd ei breichiau'n boenus ofnadwy. Cyn mynd ati i ddefnyddio'r mangl, penderfynodd fynd i'r llofft i weld oedd rhagor o ddillad budron yn cuddio o dan welyau'r bechgyn neu wely'i thad. Daeth o hyd i dair hosan o dan wely Arthur ac Ifan a chrys gwyn pŷg yn stafell wely ei thad. Fel roedd Myfi ar fin mynd ag o i'r gegin i'w olchi, daliwyd ei sylw gan ddarn o ddefnydd glas a gwyn sbotiog tu ôl i ddrws y stafell wely.

Wrth iddi gyffwrdd y defnydd, llanwyd ei ffroenau ag arogl lafant cyfarwydd, a sylweddolodd Myfi fod ei mam wedi addasu'i ffrog las a gwyn sbotiog ar ei chyfer – yn union fel yr addawodd. Roedd hi wedi gwnïo coler les ar y ffrog a rhoi belt coch am y canol. Edrychai'n hyfryd. Taflodd Myfi'r dillad budr o'r neilltu a gwisgo'r ffrog. Ffitiai fel maneg. Teimlai'n ysgafn a chyffyrddus amdani, a'r sgert cwmpas llawn yn gweddu'n berffaith iddi. Gwenodd Myfi. Roedd gwisgo'r ffrog yn gwneud iddi deimlo'n agos at ei mam.

Troellodd o flaen y drych, ac wrth i'r sidan siffrwd o'i hamgylch, penderfynodd mai hon fyddai ei ffrog orau. Y ffrog y byddai hi'n ei gwisgo ar ddiwrnod allan i rywle fel Parc Bootle. Roedd Myfi wedi gofyn i'w thad a fydden nhw'n cael mynd yno i chwarae criced a rhwyfo ar y llyn, yn ôl dymuniad eu mam, ac addawodd yntau fynd â nhw – unwaith y câi o bres yn ei boced. Tynnodd ei ffrog newydd yn ofalus a'i hongian yn ôl ar y cambren y tu ôl i'r drws. Yna cydiodd yn y dillad budr a mynd yn ôl i'r gegin i'w golchi, gan ochneidio'n drwm.

Roedd Myfi hanner ffordd drwy'r gwaith manglo pan glywodd gloc y gegin yn taro chwech o'r gloch. Byddai ei thad a'r bechgyn adref cyn hir, felly dechreuodd Myfi baratoi swper gan ddefnyddio'r unig gynhwysion oedd ar gael, sef nionod a hanner torth. Roedd y sosbenaid o nionod ar fin dechrau ffrwtian pan gyrhaeddodd y tri adref.

'Newyddion da o lawenydd mawr!' cyhoeddodd Dad. 'Dw i wedi cael gwaith!'

'Erioed!' ebychodd Myfi, ei llygaid fel soseri. 'Yn gwneud be, felly?'

'Codi waliau yn Atlantic Dock!' cyhoeddodd Eryl Morris, gan wenu'n llydan am y tro cyntaf ers tro. 'Chwe phunt yr wythnos! Be ti'n feddwl o hynny?'

'Da!' meddai Myfi.

'Da? Gwych ydi'r gair rwyt ti'n chwilio amdano!' dywedodd Arthur, gan ymddangos y tu ôl i'w dad.

'Ia!' Daeth Ifan yntau i'r golwg. 'Ac nid Dad ydi'r unig un sy wedi cael gwaith – mae Arthur a finna wedi cael job hefyd!'

'Be? Yn codi waliau?' gofynnodd Myfi'n

gegrwth. 'Ond be am yr ysgol? Fedrwch chi ddim gadael!'

'Ti eisio bet?' heriodd Ifan. 'Rydan ni'n ddigon hen! A phwy fasa'n dewis sgwennu a gwneud syms pan fedar rhywun gael pres yn ei boced?'

'Ond os ewch chi allan i weithio, mi fydd raid i mi fynd i'r ysgol fawr ar ben fy hun.' Suddodd calon Myfi. Roedd y tri ohonyn nhw i fod i ddechrau yn Bluefriars Grammar School efo'i gilydd ar ôl gwyliau'r haf, ac roedd meddwl am ddechrau mewn ysgol newydd sbon ar ei phen ei hun bach yn codi ofn ar Myfi. Ond doedd dim affliw o ots gan Arthur.

'Wfft i ti!' meddai gan godi caead y sosban i weld beth oedd yn ffrwtian ynddi.

'Dyna'r cwbl sgen ti i'w ddeud?' gofynnodd Myfi.

'Fedrith Ifan a fi ddim gwrthod cyflog da, dim ond am fod gen ti ofn mynd i'r ysgol fawr ar ben dy hun!'

''Sgen i ddim ofn!' mynnodd Myfi. Ond doedd hynny ddim yn wir, er nad oedd hi eisiau dangos hynny. Ar ôl treulio pedair blynedd yn Llanllechen, doedd gan Myfi ddim syniad pwy o'i hen ysgol gynradd yn Lerpwl fu'n ddigon clyfar i basio'r arholiad *eleven plus* i fynd i

Bluefriars Grammar School. Byddai'r rhai oedd yn methu'r arholiad yn gorfod mynd i Birkin Secondary Modern, a fallai na fyddai hi'n adnabod neb yn yr ysgol newydd.

'Does 'na ddim problem felly, nag oes?' meddai Ifan wrth iddo fo ac Arthur fynd i olchi eu dwylo cyn swper.

'Mi fyddi di'n iawn, Myfi,' meddai ei thad wrth iddo'i gwylio'n codi'r nionod o'r sosban a'u rhoi ar y platiau. 'Ac mi fydd petha'n haws o lawer efo tri cyflog yn lle un, bydd?'

Er na allai Myfi ddadlau â hynny, daliai i deimlo'n siomedig ofnadwy. Ddywedodd hi 'run gair am dipyn.

'Gawn ni fynd i Barc Bootle cyn i mi ddechrau yn yr ysgol fawr 'ta?' gofynnodd ymhen ychydig.

'Dw i'n mynd i fod yn brysur rŵan mod i'n dechra gweithio dydw,' atebodd Eryl Morris.

'Mi wnaethoch chi addo y basan ni'n cael mynd ar ôl i chi ddechrau ennill cyflog. Mae gen i ffrog newydd a bob dim.'

'Gawn ni weld, ia?' meddai Dad, a suddodd calon Myfi'n is wrth iddi ei wylio ef a'r bechgyn yn troi oddi wrthi a chladdu eu swper.

Erbyn iddi olchi'r llestri, brwsio llawr y gegin a gorffen gyda'r manglo, roedd Myfi wedi ymlâdd. Roedd meddwl am ddechrau o'r dechrau ar ei phen ei hun bach yn Bluefriars Grammar School yn chwarae ar ei meddwl wrth iddi ddringo'r grisiau cul i'w gwely. Ofnai y byddai fel pysgodyn allan o ddŵr heb Ifan ac Arthur a Hilda-Ann wrth ei hochr, a theimlai'n anniddig wrth ddringo i'w gwely yn ei stafell bocs matsys.

Cydiodd yn Moelun, ac wrth iddi swatio o dan y blanced, edrychodd drwy'r ffenestr a gweld seren fach wen yn wincio arni yn yr awyr lwyd.

'Biti na fasach chi yma, Mam,' ochneidiodd.

7

'Waaaaa!'

Cafodd Myfi ei deffro'n sydyn wrth iddi glywed rhyw sŵn erchyll. Neidiodd o'i gwely, ac wrth iddi agor drws ei stafell wely gwelodd Arthur ac Ifan yn sgrialu ar draws y landin i stafell eu tad.

'Dad? Dad!'

Cododd Eryl Morris ar ei eistedd yn y gwely, a'i wyneb fel y galchen.

'Be sy'n bod?' gwaeddodd y bechgyn ar draws ei gilydd, gan edrych o gwmpas rhag ofn bod rhywun wedi torri i mewn i'r ystafell.

'Cael hunllef wnes i,' atebodd Dad, gan anadlu'n drwm.

'Rydach chi'n edrych fel drychiolaeth,' meddai Arthur, wedi dychryn drwyddo.

'Ia, wel, dw i wedi gweld digon o'r rheiny i bara oes,' atebodd Eryl Morris gan sychu haen o chwys oer oddi ar ei dalcen â chefn ei law.

'Breuddwydio am y rhyfel oeddech chi?' gofynnodd Ifan.

Er na ddyweddodd Dad 'run gair, gwyddai Myfi fod Ifan yn llygad ei le. Gwrthodai Eryl Morris siarad am y rhyfel, a bob tro y mentrai Myfi neu'r bechgyn holi am ei brofiadau, âi i'w gragen yn llwyr, am ddyddiau bwygilydd. Gwyddai Myfi fod eu tad wedi gweld pethau mawr. Pethau erchyll. Pethau fyddai'n codi arswyd arno am oes . . .

'Ewch 'nôl i'ch gwelyau,' dywedodd Dad o'r diwedd, wrth weld mai dim ond pump o'r gloch y bore oedd hi. Er bod Arthur ac Ifan wedi ufuddhau, anelu i lawr y grisiau i'r gegin wnaeth Myfi. Allai hi fyth fynd yn ôl i gysgu. Heddiw oedd ei diwrnod cyntaf hi yn yr ysgol Bluefriars, ac roedd hi ar bigau'r drain. Fyddai hi'n hoffi'r ysgol? Yr athrawon? Y disgyblion eraill yn ei dosbarth? Roedd clymau yn ei stumog, ac er ei bod wedi dechrau paratoi brecwast i bawb arall, allai Myfi ei hun ddim wynebu 'run tamed ohono.

Pan ddaeth ei thad a'r efeilliaid i lawr am chwarter i saith, soniodd neb air am yr hunllef. Ddywedodd neb air chwaith am y wisg ysgol o liw brown tywyll a wisgai Myfi. Roedd ei chrys, ei sgert, a hyd yn oed ei sanau'n frown. Ei chas liw.

'Wel, be dach chi'n feddwl o 'ngwisg ysgol newydd i?' gofynnodd Myfi ymhen hir a hwyr.

'Neis iawn,' meddai ei thad, heb gymryd fawr o ddiddordeb.

'Dw i'n falch nad fi sy'n gorfod ei gwisgo hi!' chwarddodd Arthur.

'A finna! Ti'n edrych fel boncyff coeden!' heriodd Ifan, gan biffian chwerthin.

'Ti mor ddoniol!' meddai Myfi, ond roedd ei sylw wedi brifo'i theimladau. Edrychodd i weld a fyddai'i thad yn achub ei cham, ond roedd o'n bell i ffwrdd ac yn amlwg heb sylwi ar agwedd yr efeilliaid.

'Dach chi am fynd â fi i'r ysgol, Dad?' gofynnodd Myfi'n obeithiol.

'Fedra i ddim, neu mi fydda i'n hwyr i'r gwaith.'

'Oes rhaid i mi fynd fy hun – ar fy niwrnod cyntaf?' holodd Myfi'n siomedig.

''Sgen ti'm ofn, nag oes?' heriodd Arthur.

'Ti'm yn hen fabi clwt?' ychwanegodd Ifan.

'Nacdw, siŵr!' ebychodd.

Ond roedd Myfi bron â thorri'i bol eisiau cwmni i'w cherdded y filltir a hanner i ysgol

Bluefriars. Fyddai Anti Gwyneth ac Yncl Peris fyth wedi gadael iddi fynd yr holl ffordd yno ar ei phen ei hun. Roedd y ddau wedi'i hebrwng hi yr holl ffordd at giât ysgol Llanllechen ar ei diwrnod cyntaf yno, ond roedd hi'n amlwg nad oedd ei thad yn bwriadu gwneud 'run peth.

'Mi fyddi di'n iawn, byddi?' gofynnodd yn ddidaro, gan godi'r tun bwyd roedd Myfi wedi'i baratoi iddo.

''Sgen i fawr o ddewis, nag oes?' atebodd Myfi mewn llais siomedig, gan geisio tawelu'r glöynnod byw oedd yn dawnsio yn ei bol.

Ysgol o gyfnod Fictoria, wedi'i chodi o gerrig llwyd oedd Bluefriars Grammar School, a'r cerrig hynny wedi duo yn smog y ddinas. Adeilad deulawr oedd o, gyda bariau ar y ffenestri, a drws mawr un bob pen iddo. Roedd arwydd *Girls* uwchben un, a *Boys* uwchben y llall, ac am chwarter i naw heidiai plant i mewn drwy'r giât haearn fel byddin o forgrug. Edrychodd Myfi o'i chwmpas, gan ysu am gael gweld wyneb cyfarwydd, pan glywodd llais dwfn y tu ôl iddi. 'Iawn, Myfi? *Long time no see, aye?*'

Troellodd Myfi o'i chwmpas a gweld Tanya Tyff yn sefyll y tu ôl iddi, ei gwallt brown fel tas, ploryn ar ei thrwyn, a'i dant ffrynt ar goll. Roedd Tanya Tyff yn nosbarth Myfi pan oedd y ddwy yn yr ysgol fach, a doedd gan Myfi ddim llai na'i hofn hi'r adeg honno. Cymry Lerpwl oedd teulu Tanya, fel teulu Myfi, a hi oedd yr ieuengaf o saith o blant.

'Haia, Tanya.' Roedd Myfi'n falch o'i gweld hi, er gwaethaf popeth. 'Oes 'na rywun arall o'r hen ysgol yn dechra yma heddiw?

'Paddy Ryan ac Ernie *Ears*,' snwffiodd Tanya gan sychu trwyn oedd wastad yn llifo fel tap. 'Wnaeth y *rest* o'r *class* fethu'r *eleven plus*. Ac ers pryd ti 'nôl o'r *back of beyond*?' ychwanegodd yn ei Wenglish gorau.

'Dim llawar. Gest tithau dy ifaciwetio hefyd, do?'

'Do. I Llan-lli. Twll o le. Pobol *horrible*. Lle *horrible*. *Nightmare*! Nei di eistedd efo fi yn ystod cofrestru?'

'Ia, iawn.' Fyddai Myfi byth wedi dewis eistedd gyda Tania Tyff fel arfer, ond roedd hynny'n well nag eistedd gyda rhywun cwbl ddieithr.

'Grêt!' meddai Tanya Tyff gan gydio ym mraich Myfi a'i llusgo i mewn i'r ysgol ar ei hôl.

Roedd pedair rhes o ddesgiau yn ystafell ddosbarth newydd Myfi. Roedd y lle'n drewi o bolish, a gwichiai esgidiau pawb wrth iddyn nhw gerdded ar y llawr sgleiniog. Anelodd Myfi a Tanya at ddwy ddesg yn y rhes gefn, a sylweddolon nhw nad oedden nhw ddim yn adnabod 'run o'r disgyblion eraill, heblaw am Paddy Ryan ac Ernie *Ears*. Chwifiodd y bechgyn law arnyn nhw, ond chawson nhw ddim siawns i sgwrsio gan fod Miss Moody, eu hathrawes ddosbarth, wedi mynnu eu sylw'n syth.

Edrychai fel taran, gyda'i thrwyn parot a'i cheg gam, ac yn hytrach na'u croesawu i'w hysgol newydd dechreuodd restru rheolau, gan eu siarsio y byddai cosb erchyll i'w chael am dorri'r rheolau hynny. Doedden nhw ddim yn cael rhedeg yn y coridorau, na siarad yn y gwersi, na phoeri na thaflu sbwriel – ac roedd cadw reiat yn bechod farwol. Âi rhestr Miss Moody'n hirach ac yn hirach, ac o fewn pum munud roedd Tanya Tyff wedi colli pob diddordeb. Dechreuodd gnoi ei hewinedd, ond glaniodd pren mesur â chlec uchel ar y ddesg o'i blaen.

'*Don't chew your nails in my class, girl!*' taranodd Miss Moody.

'*Eh . . . sorry . . .*' mentrodd Tanya, a snwffio'n galed.

'*And no sniffing either! It's not ladylike!*'

'Wel, am jolpan,' sibrydodd Tanya dan ei gwynt.

'*And don't you dare speak Welsh in my class!*' bytheiriodd Miss Moody. Fflachiodd llygaid llwyd Tanya. Ddywedodd hi 'run gair ond roedd Myfi'n gwybod bod Miss Moody newydd wneud gelyn am oes.

Mathemateg oedd gwers gynta'r dydd, a hwnnw oedd pwnc Miss Moody. Yr un athro fyddai'n dysgu popeth iddyn nhw yn yr ysgol fach, ond roedd Miss Moody wedi esbonio y byddai athrawon gwahanol yn dysgu'r pynciau amrywiol iddyn nhw yn Bluefriars. Roedd Tanya Tyff yn casáu mathemateg ar y gorau, ond roedd hi'n sŵn i gyd pan ddeallodd mai Miss Moody fyddai'n dysgu'r pwnc.

'Y peth ola dw i eisio ydi gwers syms gan *honna*,' sibrydodd wrth i Miss Moody ysgrifennu symiau *long division* ar y bwrdd du.

''Sgen ti fawr o ddewis,' sibrydodd Myfi'n ôl.

'Ti eisio bet?' dywedodd Tanya gan estyn yn

slei i mewn i'w bag ysgol a chwpanu rhywbeth yn ofalus yn ei dwylo. 'Ddysga i wers i Moody Pants am siarad efo fi fel'na!'

Craffodd Myfi i weld beth oedd yn nwylo Tanya, ac agorodd ei llygaid led y pen pan welodd hi lygoden fach lwyd gyda thrwyn pinc yn nythu yno.

'Monty ydi hwn. Fy *secret weapon* i!' Crechwenodd Tanya cyn gollwng Monty ar lawr a'i wthio i gyfeiriad blaen y dosbarth. Gwibiodd Monty yn ei flaen jest fel roedd Miss Moody'n troi tuag at y dosbarth.

'*You must finish these sums in ten min . . .*' cyhoeddodd Miss Moody, cyn gweld Monty'n sgrialu tuag ati. 'Waaaaa!' sgrechiodd, gan neidio dwy droedfedd i'r awyr. Glaniodd ar ei desg, gan anfon papurau'n hedfan i bobman, fel conffeti.

'*Mouse!*' sgrechiodd. '*Mooouse!*' Ymhen eiliadau, roedd y daran o ddynes wedi troi'n dalp o jeli, a neidiodd hanner y dosbarth i ben eu desgiau hefyd. Chwarddodd yr hanner arall gan geisio'u gorau i gael gafael ar Monty, a buan iawn y trodd y wers fathemateg yn syrcas wrth i'r lygoden fach lwyd greu hafoc.

'Ddywedais i y baswn i'n dysgu gwers i

Moody Pants, do?' meddai Tanya gyda winc, a dechreuodd Myfi chwerthin lond ei bol am y tro cyntaf ers iddi golli'i mam.

Hedfanodd gweddill y dydd heibio'n gymysgedd o wersi ysgrythur, Saesneg a gwnïo, ac roedd athrawon y pynciau hynny'n dipyn cleniach na Miss Moody. Llwyddodd Myfi i ddod o hyd i'w ffordd o gwmpas ei hysgol newydd, gyda help Tanya; roedd honno wedi troi'n dipyn o arwres pan ddeallodd y disgyblion eraill mai hi oedd yn gyfrifol am y syrcas yn y dosbarth Mathemateg. Roedd Monty yntau'n dipyn o seren hefyd, a phan roddodd Tanya wahoddiad i Myfi fynd i gyfarfod ei frodyr a'i chwiorydd ar ôl yr ysgol, derbyniodd. Esboniodd Tanya nad yn ei chartref hi yn Arabella Street roedd hi'n cadw'r llygod bach – doedd dim lle yn y fan honno – ond yn hytrach yn sièd ei thaid yn y Liver Allotments.

Patshyn o dir gwyrdd, ffrwythlon, oedd y Liver Allotments, yn nythu yng nghesail mynydd o rwbel, lle arferai swyddfeydd G. C. Motors sefyll. Er gwaetha'r dinistr o'u cwmpas, roedd y rhandiroedd yn ffynnu, a rhesi ar resi twt o lysiau'n gwthio'u ffordd drwy'r pridd. Treuliai taid Tanya oriau'n gofalu am ei randir ef, gan dyfu tatws, moron, ffa a bresych, ac roedd y darn bach yma o nefoedd wedi arbed teulu Tanya rhag mynd i'w gwelyau ar stumog wag fwy nag unwaith. Nid y llysiau oedd yn mynd â bryd Tanya heddiw, fodd bynnag, ond y sièd fach ym mhen draw'r rhandir. Roedd hi'n llawn dop o bob math o offer garddio, gyda chadair dyllog yn un pen a hen gwpwrdd droriau o dan y ffenestr. Pan agorodd Tanya'r ddrôr isaf, gwelodd Myfi ei bod hi'n fyw o gyrff bach llwyd, a'r rheiny'n sgrialu allan o'u nyth a thros lawr y sièd.

'O, faint o lygod 'sgen ti?' holodd Myfi, a'u llygaid fel soseri yn ei phen.

'Un deg pump,' snwffiodd Tanya gan estyn am Monty o'i bag ysgol a gadael iddo ymuno â'i frodyr a'i chwiorydd.

'Ydi dy daid yn gwybod eu bod nhw yma?'

'Nacdi. Dydi o ddim yn dda, felly dydi o ddim wedi bod draw 'ma ers dros wythnos.'

'Fydd o'n flin pan ffeindith o allan?'

'Na fydd,' meddai Tanya, gan godi un llygoden fach lwyd a'i mwytho. 'Maen nhw mor ciwt, tydyn? Fedra i ddim deall pam fod pobl mor *terrified* ohonyn nhw.'

'Oeddat ti'n gwybod bod Miss Moody yn ofni llygod?'

'O'n siŵr! Roedd fy mrawd wedi dweud popeth amdani – yn cynnwys dweud wrtha i ei bod hi'n *nightmare*! Dw i'n gwybod be ydi gwendid bob un o'r *teachers* eraill hefyd! Mae Evans *English* yn casáu *spiders*, a Crawley *Chem* yn casáu *moths*. Felly os cawn ni *hassle* gan unrhyw un ohonyn nhw, dw i'n gwybod yn iawn sut i'w sortio nhw allan.'

'Ti'm yn gall!' piffiodd Myfi.

'Sticia di efo fi *kid*,' snwffiodd Tanya, 'ac mi gawn ni sbort.'

Doedd diwrnod cyntaf Myfi yn Ysgol Bluefriars ddim wedi bod hanner cynddrwg â'r disgwyl, a rhuthrodd adref ar dân eisiau adrodd hanes Miss Moody wrth yr efeilliaid a'i thad. Roedd hi'n siŵr y bydden nhw yn eu dyblau wrth glywed yr hanes, ond pan wthiodd hi ddrws ffrynt 13 Gabriel Street yn agored, roedd tri wyneb blin yn aros amdani yn y gegin.

'Lle mae'n swper ni?' holodd Arthur.

Aeth y gwynt allan o hwyliau Myfi.

''Dan ni'n llwgu!' cyfarthodd Ifan. 'Lle yn y byd wyt ti wedi bod? Mae hi bron yn chwech o'r gloch!'

'Mi es i chwarae efo ffrind ar ôl ysgol . . .'

'Mi ddylai'n bwyd ni fod ar y bwrdd erbyn rŵan!' mynnodd Eryl Morris.

'Pam na wnewch chi'i goginio fo 'ych hun?' arthiodd Myfi, yn flin nad oedd neb wedi hyd yn oed gofyn sut roedd ei diwrnod cyntaf hi yn yr ysgol newydd wedi mynd.

'Achos nad ydan ni'n tri'n medru coginio!' atebodd Eryl Morris.

'Mae hi'n hen bryd i chi ddysgu, felly, tydi?' heriodd Myfi, gan daflu'i bag ysgol i gornel bella'r gegin.

'Paid â bod yn bowld efo fi, madam!' atebodd Eryl Morris, gan godi'i lais. 'Ti'n gwybod bod yn rhaid i ni i gyd wneud ein siâr ar ôl i ni golli dy fam.'

'Ond dydach chi *ddim* yn gwneud eich siâr!' meddai Myfi'n gyhuddgar. 'Fi sy'n gwneud bob dim yn y tŷ 'ma! Coginio! Golchi! Llnau! Dydach chi'ch tri'n gwneud dim byd i helpu!'

'Heblaw lladd 'yn hunain drwy'r dydd wrth ennill pres i roi bwyd ar y bwrdd!' taranodd Eryl Morris.

'Ond dydi o ddim yn deg!'

'Dydi bywyd ddim yn deg!' rhuodd Eryl Morris. 'Felly cod y bag ysgol 'na a dos i wneud swper i ni! Rŵan!'

Sgubodd Eryl Morris allan o'r ystafell mewn tymer, gan adael Myfi'n gegrwth a digalon. Doedd Dad erioed wedi gweiddi arni o'r blaen. Ac roedd hi'n teimlo ei bod wedi cael cam. Doedd dim ots ganddi ei bod hi wedi gorfod gwneud swper i bawb dros yr wythnosau diwethaf, ond ddychmygodd hi ddim am funud y byddai disgwyl iddi gario 'mlaen ar ôl iddi ddechrau mynd i'w hysgol newydd. Fyddai Anti Gwyneth ac Yncl Peris byth wedi disgwyl iddi wneud y fath beth. Ond doedd Anti Gwyneth ac Yncl Peris ddim o gwmpas . . . a doedd gan Myfi ddim dewis ond bwrw ati. A'i chalon yn drom, dechreuodd Myfi baratoi swper.

8

'Ych a fi! Am hyll!' meddai Myfi wrth sbecian ar y pentwr pinc o lygod bach newyddanedig oedd yn gwingo mewn bocs yn sièd taid Tanya Tyff. Bellach, roedd teulu Monty wedi tyfu o bymtheg i ugain, ac roedd Tanya wedi gwirioni arnyn nhw.

'Hyll, wir! Maen nhw'n ddel!'

'Wyt ti'n ddall, ta be, Tanya? Dydyn nhw ddim hyd yn oed wedi agor eu llygaid eto! A 'sganddyn nhw ddim ffwr!'

'*So?* Dw i'n meddwl 'u bo nhw'n biwtiffwl!'

'Wel, chdi ydi'r unig un!' atebodd Myfi. 'Well i mi hel fy nhraed am adra, dw i'n meddwl.'

'Be? Dim ond newydd gyrraedd wyt ti!'

'Mae hi bron yn hanner awr wedi pedwar, ac mi fydd raid i mi wneud gwaith cartref Moody Pants!'

'Sdim *rhaid* i ti wneud hwnnw,' dywedodd

Tanya gan geisio temtio Myfi i aros ychydig yn hirach. 'Os a' i â Monty i mewn, a'i dychryn hi i ffitia eto fory, fydd hi'n cofio dim am hel yr *homework* . . .'

'Gen i lwyth o bethau eraill i'w gwneud hefyd, yn anffodus,' meddai Myfi gan godi ar ei thraed.

'Fel be?'

'Golchi. Smwddio. Gwneud swper i Dad a'r hogia.'

Er bod Tanya'n gwybod bod Myfi wedi colli'i mam, doedd hi ddim yn gweld pam fod yn rhaid i Myfi wneud cymaint yn y tŷ. 'Gad iddyn nhw wneud eu swper eu hunain! Aros di yn fan'ma i helpu i neud *assault course* i'r llygod!'

'Fedra i ddim, sori.' Doedd Myfi ddim am fentro codi gwrychyn ei thad a'i brodyr unwaith eto, er y byddai wedi bod wrth ei bodd yn helpu Tanya.

'Paid 'ta! Os oes well gen ti fynd adra i gwcio, dos! *Boooring*!'

'Paid â phwdu, Tanya. Wela i di fory, ia?'

Trodd Tanya ei chefn wrth i Myfi godi'i bag ac agor drws y sièd.

Roedd cwpwrdd bwyd 13 Gabriel Street yn wag. Câi Eryl Morris a'r efeilliaid eu talu ar ddydd Gwener, felly erbyn canol yr wythnos roedd y *rations* bron â gorffen. Roedd rhywfaint o flawd, wyau a llefrith yn y cwpwrdd, felly penderfynodd Myfi wneud crempogau i de. Ar ôl cymysgu'r cytew, aeth i sortio'r mynydd o grysau budr wrth y drws cefn.

Roedd angen crys glân bob dydd ar Dad a'r efeilliaid, gan eu bod yn dod adref o'r Atlantic Dock yn sobor o fudr, a threuliai Myfi oriau'n sgwrio yn y twb haearn. Roedd ei breichiau'n fwy poenus nag arfer wrth iddi drochi'r crysau yn y dŵr poeth, sebonllyd, ac roedd hi bron yn chwech o'r gloch cyn ei bod yn barod i roi'r dillad drwy'r mangl. Roedd hi ar fin dechrau pan hyrddiwyd y drws ffrynt yn agored a charlamodd Arthur ac Ifan i mewn.

'Dw i jest â llwgu!' gwaeddodd Arthur.

'A finna!' ychwanegodd Ifan.

'Lle mae Dad?' gofynnodd Myfi pan welodd hi nad oedd sôn amdano fo.

'Wn i'm,' meddai Ifan.

Roedd Eryl Morris yn diflannu bob hyn a hyn, a wyddai neb i ble roedd o'n mynd.

'Wnaethoch chi ddim gofyn?' holodd Myfi.

'Atebodd o ddim,' meddai Arthur. 'Be sydd 'na i swper?'

'Crempog,' atebodd Myfi.

'Gas gen i grempog!' ebychodd Artuhur, ei wyneb fel ffidil.

'A finna!' ychwanegodd Ifan fel eco. 'Ac rydan ni angen mwy na chrempog i lenwi'n boliau ar ôl bod yn slafio drwy'r dydd!'

'Tyff!' atebodd Myfi. Roedd hi wedi cael hen ddigon ar gael ei thrin fel morwyn fach.

'Be ddywedodd Dad wrthat ti am fod yn bowld?!' meddai Arthur gan daflu peth o'r blawd oedd ar ôl ar y bwrdd tuag at Myfi.

'Arthur! Dw i newydd lanhau!' ebychodd Myfi, wrth i'r blawd ddisgyn fel plu eira ar lawr y gegin.

'Bydd raid i ti lanhau eto, felly, yn bydd?' meddai Ifan yn wawdlyd, gan daflu rhagor o flawd ar lawr, ond wrth iddo wneud hynny, tarodd yn erbyn y bowlen gytew nes bod hwnnw'n llifo yn un afon felen ar lawr.

'Ifan!' ebychodd Myfi, gan wneud ei gorau glas i achub eu swper, ond roedd hi'n rhy hwyr. Collodd Myfi ei thymer yn llwyr a chydio mewn llond llaw o'r cytew a'i hyrddio tuag at ei brawd. Glaniodd hwnnw ar foch Arthur, ac ymhen chwinciad roedd y tri'n taflu cytew i bob cyfeiriad, gan wneud llanast llwyr yn y gegin.

'Be ar wyneb y ddaear 'dach chi'n ei wneud?' taranodd llais eu tad o gyfeiriad y drws.

Stopiodd Myfi a'r efeilliaid ar unwaith.

'Y . . . Myfi ddechreuodd,' meddai Arthur, gan geisio achub ei groen ei hun.

'Does dim ots gen i pwy ddechreuodd!' gwaeddodd Dad yn gynddeiriog. 'Ewch i'ch gwelyau! Rŵan!'

Swatiai Myfi ar ei gwely, bron â thorri'i chalon. Allai hi ddim credu bod Arthur ac Ifan wedi'i beio hi am y ffeit fwyd. Roedd y tri wedi arfer bod yn agos tan iddyn nhw gael eu gwahanu adeg y rhyfel, ond byth ers hynny, roedd ei brodyr yn gwneud hwyl am ei phen hi. Roedd Myfi'n amau'n ddistaw bach efallai fod Arthur ac Ifan, fel hithau, wedi dechrau ofni'u tad. Doedd o byth yn colli'i dymer ers talwm, ond yn ddiweddar roedd o wastad mewn hwyliau gwael.

Roedd Myfi bron â llwgu, a gwyddai na châi damaid o fwyd tan y bore, felly penderfynodd newid i'w gŵn nos. Wrth iddi estyn amdani oddi ar y gadair ger y ffenestr, gwelodd seren fach wen yn wincio arni. Estynnodd Myfi ei llaw allan, ond doedd dim byd yno heblaw gwydr oer y ffenestr.

'Be sydd wedi digwydd i bawb, Mam?' sibrydodd. 'Mae pawb wedi newid, a dwn i ddim pam.'

Wrth syllu ar y seren ddisglair, byddai Myfi wedi rhoi'r byd am gael swatio yng nghôl ei mam. Er mwyn ceisio codi'i chalon, estynnodd Myfi am ei horgan geg, gan deimlo awydd cryf i chwarae cân i'w mam. Ond wrth i nodau cyntaf *We'll meet again* seinio drwy'r llofft, clywodd Myfi sŵn dyrnu uchel ar y pared.

'Stopia'r sŵn 'na!' bloeddiodd llais aneglur ei thad o'r stafell drws nesaf. 'Mae'r hogia a fi'n gorfod codi efo'r wawr i fynd i'r gwaith!'

Rhoddodd Myfi yr organ geg yn ôl yn y cwpwrdd, a dringo i'r gwely. Swatiodd o dan y dillad rhag i'w thad ei chlywed yn igian crio.

9

'*A letter for you, darlin'!*' Gwthiodd y postmon amlen i ddwylo Myfi wrth iddi gychwyn am yr ysgol y bore wedyn, a goleuodd ei hwyneb pan welodd hi 'sgrifen traed brain Anti Gwyneth arni. Teimlai'n well yn syth, a rhwygodd yr amlen yn agored a dechrau darllen y llythyr.

Gwenodd wrth weld y newyddion mawr o Dyddyn Grug – sef geni llo du bitsh o'r enw Glo – ac roedd Yncl Peris wedi tynnu llun bach ohono â phensil. Roedd Cynan y ci yn *champion* yn ôl y llythyr, er ei fod o'n cysgu o dan wely Myfi bob nos byth ers iddi adael.

Daeth lwmp i wddf Myfi pan ddarllenodd hi hynny. Byddai wedi rhoi'r byd am gael Cynan yn cysgu o dan ei gwely neithiwr – bu'n troi a throsi am oriau ar ôl i'w thad ddweud y drefn wrthi. Dyna braf, meddyliodd, fyddai cael deffro yn Nhyddyn Grug bore heddiw a chael mwynhau llond bol o frecwast gydag Yncl Peris ac Anti Gwyneth.

Ond allai hi ddim cyfaddef hynny wrth Yncl Peris ac Anti Gwyneth pan ysgrifennai'n ôl atyn nhw. Petaen nhw'n gwybod sut roedd pethau yn Gabriel Street erbyn hyn, bydden nhw'n poeni'u henaid amdani.

Roedd Gwenan wedi ychwanegu pwt ar waelod y llythyr, ac roedd Myfi wrth ei bodd. Ond holi am bryd y câi hi ddod ar ei gwyliau i Lerpwl oedd Gwenan, a gwyddai Myfi y byddai'n rhaid iddi feddwl am ryw esgus. Fyddai Dad byth yn fodlon – a hyd yn oed petai hi'n dod rywbryd yn y dyfodol, fyddai gan Myfi ddim amser i chwarae gyda hi. Ddim â'r holl goginio, glanhau a golchi diddiwedd. Doedd dim rhaid i Gwenan wneud dim o hynny, ac yn ôl y llythyr roedd hi'n treulio'r rhan fwyaf o'i hamser sbâr yn chwarae marblis. Roedd hi'n bencampwraig Llanllechen Grammar School erbyn hyn! Gwenodd Myfi pan ddarllenodd hi hynny ac roedd hi'n falch o glywed bod Gwenan yn setlo'n dda yn ei hysgol newydd. Hiraethai Myfi amdani, ac wrth iddi gerdded i mewn drwy giât ysgol Bluefriars, gresynai nad oedd Gwenan yn cerdded wrth ei hochr.

'Iawn, Tanya?' galwodd Myfi pan wrth weld y ferch â'r gwallt brown blêr yn anelu am eu hystafell gofrestru. Trodd Tanya o gwmpas ond ddywedodd hi 'run gair, dim ond syllu ar Myfi a sychu'i thrwyn yn ei llawes.

'Wnest ti orffen yr *assault course* ar gyfer y llygod?' holodd Myfi.

'Doedd gen ti ddim diddordeb neithiwr,' atebodd Tanya'n bwdlyd.

'Doedd gen i ddim dewis ond mynd adra,' meddai Myfi.

'Doedd dim *rhaid* i ti!' chwyrnodd Tanya. 'A sut aeth y swper, *anyway*?' ychwanegodd yn goeglyd.

'Iawn.' Roedd gan Myfi gywilydd cyfaddef ei bod hi wedi gwneud smonach o bethau ac wedi digio'i thad a'r efeilliaid.

'Gest ti *Brownie points* ganddyn nhw?'

Nodiodd Myfi, gan deimlo braidd yn euog am ddweud celwydd.

'Ddoi di draw i sièd Taid heno 'ta?' gofynnodd Tanya'n obeithiol.

'Gwnaf siŵr,' mentrodd Myfi gan feddwl y byddai ganddi fwy o amser rhydd heno gan ei bod wedi golchi neithiwr a rhoi pentwr o ddillad ar y lein cyn cychwyn i'r ysgol.

'Iawn 'ta.' Meddalodd Tanya, a gadael i Myfi gerdded i mewn i'r dosbarth gyda hi.

Hedfanodd y diwrnod heibio a chyn hir canai cloch amser chwarae'r prynhawn. Wrth i Myfi a Tanya gamu i'r heulwen, disgynnodd rhywbeth o fag Myfi.

'Be 'di hwn?' holodd Tanya gan gipio'r amlen o dan draed y disgyblion eraill a'i rhoi i Myfi.

'Llythyr o Dyddyn Grug lle ro'n i'n aros fel faciwî.'

'Ydy'r bobl yn dal i sgwennu atat ti?' holodd Tanya mewn rhyfeddod.

'Ydyn. Dwyt ti ddim wedi cael llythyr o Lan-lli?'

'Callia! Roedd y bobl yn *horrible*!'

'Wel, roedd Yncl Peris ac Anti Gwyneth yn lyfli,' meddai Myfi gan eistedd ar wal y gampfa ac anwesu'r amlen. 'A dw i wedi cael hanes Llanllechen i gyd ganddyn nhw. Mae Cynan y ci yn fy ngholli i'n ofnadwy. A chredi di mo hyn!

Mae Gwenan – fy ffrind gora i – yn bencampwr marblis yn ei hysgol newydd!'

'Dy ffrind gora di?' meddai Tanya, ei llygaid yn culhau. 'Ro'n i'n meddwl mai fi oedd dy ffrind gora di,' ychwanegodd, a nodyn o genfigen yn ei llais. 'Achos efo fi ti'n hongian o gwmpas dyddiau yma.'

'Mae rhywun yn medru cael mwy nag un ffrind gorau, tydi,' atebodd Myfi'n gloff, gan geisio arbed teimladau Tanya. 'Ond mae Gwenan yn anhygoel am chwarae marblis, 'sti.'

'Dw innau'n medru chwarae marblis hefyd!' broliodd Tanya. Tyrchodd yn ei bag ysgol a thynnu rhwyd o beli gwydr lliwgar o'i waelod. 'Ffansi gêm? Gei di weld – mi fydda i'n lot gwell na'r Gwenan 'ma.'

Roedd Myfi'n amau hynny, ond ddywedodd hi 'run gair. Pan osododd Tanya ddarn o edau'n gylch crwn ar yr iard, a thywallt ugain o farblis i mewn iddo, cytunodd i chwarae gêm. Estynnodd Tanya am farblen yr un iddyn nhw o'r cylch. Y syniad oedd defnyddio'r rheiny i daro cymaint â phosib o farblis eraill o'r cylch edau. Y person fyddai'n taro'r nifer mwyaf o farblis allan o'r cylch fyddai'n ennill, ac roedd Tanya'n benderfynol mai hi fyddai honno.

Newydd ddechrau oedden nhw pan ddaeth Ernie *Ears* a Paddy Ryan allan o'r gampfa yn sŵn i gyd.

'*What's happening here then?*' holodd Ernie yn ei acen drom. '*Give us a game.*'

'*No!*' atebodd Tanya.

'*Come on girls!*'

'*You're not playing, Ears!*' meddai eto gan daflu ei marblen hi i ganol y cylch.

'*Pathetic Tanya!*' piffiodd Paddy Ryan. '*Pathetic with a capital P!*'

'*I'm not!*'

'*You are!*' Chwarddodd Ernie *Ears*.

'*Not!*' Cododd gwrychyn Tanya a phan lwyddodd Myfi i yrru pob marblen o'r cylch gyda'i chynnig hi ac ennill y gêm, cafodd Ernie *Ears* a Paddy Ryan fodd i fyw.

'*Loser! Loser! Loser!*' Gwaeddodd y ddau yn wyneb Tanya.

'*I'm not!*' Mylliodd hithau.

'*You are!*' heriodd Ernie Ears. '*Myfi's much better than you!*'

'*I'm not that good,*' meddai Myfi, gan deimlo dros Tanya. '*Not compared to my friend Gwenan anyway.*'

'*Who?*' gofynnodd Paddy Ryan.

'*You don't know her. But she's brilliant.*'

'O, mae hi'n *brilliant* ydi?' gofynnodd Tanya gan droi'i dicter ar Myfi.

'Ydi.'

'Ti'n gwneud dim byd ond ei brolio hi, Myfi! Ti'n ei brolio hi ac yn gwneud ffŵl ohona i!'

'Dydw i ddim!' mynnodd Myfi. 'A phaid â bod yn gollwr gwael!'

'Dw i ddim yn gollwr gwael!' Gwylltiodd Tanya'n gacwn a rhoi gwthiad ciaïdd i Myfi.

Allai Myfi ddim credu'r peth a gwthiodd hi'n ôl. Gwthiodd Tanya hi eto, felly rhoddodd Myfi hergwd arall iddi – un hegr. Hedfanodd Tanya'n ei hôl a dechreuodd y bechgyn weiddi.

'*Fight! Fight! Fight!*'

Mewn eiliad, tyrrodd llu o ddisgyblion o gwmpas Tanya a Myfi.

'*Fight! Fight! Fight!*'
Cafodd Myfi a Tanya goblyn o ffrae gan Miss Moody, ac ysgrifennodd yr athrawes lythyr deifiol i'r ddwy fynd adref at eu rhieni'n cwyno am eu hymddygiad.

Er bod Myfi'n gwingo o glywed y geiriau, yr

hyn oedd wedi ei brifo fwyaf oedd bod Tanya wedi troi arni heb unrhyw reswm. Doedd Myfi ddim wedi chwerthin am ei phen hi wrth iddyn nhw chwarae marblis. Ernie *Ears* a Paddy Ryan wnaeth hynny. Ceisio achub ei cham wnaeth Myfi a dyma'r diolch roedd hi'n ei gael. Allai Myfi ddim credu bod Tanya mor genfigennus o Gwenan, chwaith – doedd hi ddim hyd yn oed yn ei hadnabod. Ond roedd hi wedi bwrw'i llid ar Myfi, yn union fel roedd Arthur, Ifan a'i thad wedi'i wneud.

'Pam mae pawb mor flin efo fi?' meddai Myfi wrthi'i hun. 'Be sy'n bod arna i? Be dw i'n neud o'i le?'

Pan gerddodd Tanya allan o ystafell Miss Moody a'i hanwybyddu'n llwyr, roedd calon Myfi yn curo'n galed fel gordd. Roedd y diwrnod oedd wedi dechrau mor dda bellach wedi troi'n llanast llwyr, a hithau wedi colli'r unig ffrind oedd ganddi yn Bluefriars.

'Mae un peth yn sicr,' meddai Myfi wrthi'i hun, 'dydw i ddim yn mynd i ddangos llythyr Miss Moody i Dad, neu mi fydd hi ar ben arna i.'

Pan gyrhaeddodd Eryl Morris a'r efeilliaid o'r gwaith, roedden nhw newydd dderbyn cyflog ac mewn hwyliau gwell.

'Dos i wneud neges fory,' meddai Dad gan roi dwy bunt i Myfi. 'Mae cypyrddau'r tŷ 'ma'n wag.'

'Iawn.' Cymerodd Myfi'r arian oddi arno fel petai dim byd o'i le.

10

Y bore wedyn, roedd Myfi'n ddiolchgar ei bod yn ddydd Sadwrn ac nad oedd raid iddi fynd i'r ysgol. Y peth olaf oedd hi eisiau oedd gweld Tanya Tyff. Allai hi ddim credu ei bod wedi digio'r unig ffrind oedd ganddi yn Bluefriars ac ar ben hynny, roedd hi mewn andros o helynt gyda Miss Moody. Gwyddai y byddai'n rhaid iddi wynebu pawb fore Llun, ond roedd hynny'n teimlo'n bell i ffwrdd ar y funud ac roedd gan Myfi fwy na digon ar ei phlât. Roedd ei thad a'r efeilliaid yn gorfod gweithio tan un o'r gloch, a chyn hynny roedd Myfi'n bwriadu glanhau'r tŷ o'r top i'r gwaelod a mynd i Gregory's Groceries i wneud neges.

Erbyn i'r cloc daro hanner dydd, roedd y tŷ fel pìn mewn papur, a Myfi'n casglu'r pedwar llyfr dogni ac yn gwisgo'i chôt, yn barod i fynd allan. Rhoddodd ddwy bunt ei thad yn ei phoced, lle roedd llythyr Miss Moody, a cherdded i lawr Gabriel Street gan lunio rhestr siopa yn ei phen.

Pan drodd y gornel i mewn i Black Street, gwelai fod ciw hir o ferched yn nadreddu allan o ddrws Gregory's Groceries. Roedd Myfi wrth ei bodd yn mynd yno gyda'i mam cyn y rhyfel, a gwrando ar y gwragedd tŷ'n hel clecs, ond doedd hynny ddim yn apelio ati bellach. Penderfynodd bicio ar draws y ffordd i siop y cigydd yn gyntaf. Gwenodd y bwtsiwr boldew arni wrth iddi estyn y llyfrau dogni o'i bag. '*A pound of ham and four rashers of bacon, please,*' meddai Myfi gan estyn am y ddwy bunt. '*How much?*'

Ond cyn i'r cigydd ateb, ebychodd Myfi mewn braw. Roedd llythyr Miss Moody'n dal yn ei phoced, ond doedd dim sôn am y ddwy bunt!

'*What's wrong, petal?*' holodd y bwtsiwr wrth i Myfi dyrchu'n wyllt a throi'i phoced tu chwith allan.

'*I've lost my money!*' meddai Myfi mewn panic. '*I don't understand . . .*'

Yna gwelodd fod twll yn leinin ei phoced! Rhaid bod yr arian wedi llithro drwyddo, ac roedd yn rhaid iddi ddod o hyd iddo ar unwaith – cyn i rywun arall ei bocedu! Trodd Myfi ar ei sawdl a rhedeg yn ôl i Gregory's gan chwilota o gwmpas traed y gwragedd yn y ciw. Rhythodd pawb arni.

'*What on earth are you doing, sweetheart?*' holodd un yn syn.

'*I've lost all my money! Has anybody seen it?*' holodd Myfi.

'*No, sorry!*' atebodd y gwragedd fel côr gan yrru Myfi ar garlam yn ôl i lawr Black Street, ei llygaid yn cribinio'r palmant yn bryderus. Pan gyrhaeddodd hi ben y stryd, gwelodd dri bachgen bach budr yn cicio pêl hanner ffordd i lawr y stryd.

'*Hey, lads! Have you seen any money lying around?*'

'*No – we'd be scoffing sweets if we 'ad!*' chwarddodd y tri a diflannu i lawr y stryd.

Safodd Myfi yn ei hunfan, ei chalon yn curo fel gordd a'r dagrau'n llenwi ei llygaid wrth feddwl am y ffrae gâi hi gan Dad am golli'r arian.

Rhedodd yr holl ffordd yn ôl adref, yn y gobaith bod yr arian wedi disgyn o'i phoced cyn iddi gychwyn o'r tŷ. Siom gafodd hi, fodd bynnag – doedd dim golwg o'r ddwy bunt yn unman yn rhif 13.

Eisteddodd ar waelod y grisiau, a'r dagrau'n llifo. 'Be wna i?' meddai wrthi ei hun. 'Mi fydda i mewn twll os na fydd 'na ginio ar y bwrdd pan ddaw Dad a'r hogia adref! *Rhaid* i mi gael gafael ar fwyd yn rhywle.'

Yn sydyn, cafodd Myfi syniad . . .

Erbyn chwarter i un, roedd Myfi'n cuddio yn ei chwrcwd y tu ôl i sièd taid Tanya Tyff. Doedd dim golwg o neb yno, felly sleifiodd i gyfeiriad y rhesi o gennin a nionod roedd taid Tanya'n eu tyfu.

'Mi fedra i wneud cawl blasus efo'r rhain,' meddai wrthi ei hun, gan geisio anwybyddu'r cywilydd a deimlai wrth orfod gwneud y fath beth. 'O leia mi fydd yn rhoi amser i mi feddwl sut i godi'r arian heb i Dad wybod.'

Gafaelodd Myfi mewn cenhinen, ac wrth i'r goes drwchus ddechrau rhwygo o'r pridd du, teimlodd law yn gafael yn ei gwar.

'*Stop! Thief!*'

Rhewodd Myfi wrth i ddaeargi o ddyn bach blin ei throelli i'w wynebu.

'Wel, wel! Sbiwch pwy sy 'ma! Dw i'n nabod hon!' Camodd Tanya Tyff o'r tu ôl i'r dyn bach blin.

'A be ti'n feddwl ti'n neud?'

'Wel . . . ym . . . y . . .'

'Dwyn mae hi, yntê Taid!'

'Na! Dw i ddim . . .' Roedd Myfi'n crynu gormod i allu ateb, ac roedd Tanya'n mwynhau ei gweld hi'n dioddef.

'Paid â thrio gwadu!'

'Wel, chaiff hi ddim get-awê efo hyn!' bytheiriodd taid Tanya. 'Be ydi dy enw di?'

'Myfi Morris, o 13 Gabriel Street,' atebodd Tanya drosti. 'Mae hi yn yn yr ysgol efo fi.'

'Reit, madam, ty'd efo fi!' Gafaelodd taid Tanya yn Myfi gerfydd ei braich, a'i llusgo allan o'r rhandir.

Roedd Eryl Morris ar fin croesi rhiniog 13 Gabriel Street pan glywodd floedd o ben draw'r stryd.

'Oi! Eich hogan chi ydi hon?'

Trodd Eryl Morris i weld daeargi o ddyn bach blin yn llusgo Myfi i'w ganlyn, a geneth arall wrth ei hochr.

'Be 'da chi'n feddwl 'da chi'n neud, ddyn?' Brasgamodd Eryl Morris tuag atyn nhw. 'Gollyngwch fy merch i'r munud 'ma!'

'Â chroeso!' meddai taid Tanya. 'Ond dw i am i chi gael gwybod mod i newydd ddal y sguthan yn trio dwyn llysiau o'm rhandir i!'

'Be?! Calliwch, ddyn! Fasa Myfi ni byth yn neud y fath beth!'

'Ydach chi eisio bet, mistar?' gofynnodd Tanya Tyff yn haerllug.

'Ddrwg gen i – pwy wyt ti?' holodd Eryl Morris gan droi i edrych ar Tanya.

'Tanya. Dw i yn yr un *class* â Myfi yn yr ysgol. Ac mae Taid yn dweud y gwir!'

'Dw i ddim wedi magu lleidar!' mynnodd Eryl Morris.

'Dydach chi ddim wedi'i magu hi i gwffio chwaith, beryg! Ond dyna wnaeth hi amsar chwarae ddoe!'

'Y? Fasa Myfi ni byth yn cwffio!' meddai Eryl Morris gan edrych ar Myfi. 'Na fasat?'

Osgôdd Myfi lygaid ei thad wrth i daid Tanya droi at ei wyres yn llawn chwilfrydedd. 'Wyddwn i ddim ei bod hi wedi bod yn cwffio, Tayna. Ac efo pwy buodd hi'n gwneud hynny? Efo chdi?'

'Ia! Ges i goblyn o *row* gan Mam ar ôl iddi hi ddarllen llythyr Miss Moody!'

'Pa lythyr? Gest ti lythyr i ddod adra o'r ysgol, Myfi?' gofynnodd Eryl Morris yn amheus.

Allai Myfi ddim edrych ar ei thad a phlygodd ei phen mewn cywilydd.

'Ydi'r hogan 'ma'n dweud y gwir, Myfi? Fuest ti'n cwffio?' holodd Dad.

Doedd dim pwynt i Myfi wadu. Roedd Tanya eisoes wedi dweud gormod.

'Wyt ti wedi bod yn dwyn hefyd?' gofynnodd Dad wrthi, ei wyneb yn llawn siom.

Nodiodd Myfi, a'r dagrau'n dechrau llifo.

'Ond pam? Roedd gen ti bres i wneud negas! Pam na brynaist ti'r llysiau efo hwnnw?'

Ddywedodd Myfi 'run gair.

'Wyt ti wedi gwario'r ddwy bunt ar rywbeth arall?'

'Naddo, siŵr!' Gwyddai Myfi y byddai'n rhaid iddi gyfaddef y gwir wrth Dad. Doedd ganddi ddim dewis. 'Dw i wedi'i golli fo,' meddai'n ddistaw.

'Be? Y cwbl lot?'

'Ia. Do'n i ddim yn gwybod sut i ddweud wrthach chi. Mi driais i ddwyn y llysiau er mwyn medru gwneud cinio i chi a'r hogia. Dw i mor, mor sori!'

'Sori?' Ffrwydrodd tymer Dad. 'Faint o iws ydi "sori"? Wnaiff "sori" ddim prynu neges, ar dop yr holl filiau sy gen i i'w talu! Ymddiheura ar unwaith i'r gŵr bonheddig yma am drio dwyn ei lysiau o!'

'Ddrwg gen i,' meddai Myfi gan ysu am i'r ddaear ei llyncu.

'Ia, wel, paid â dod yn agos at fy rhandir i eto!' meddai taid Tanya, 'neu mi fydda i'n ffonio'r polîs!'

'Falla y dyliach chi wneud hynny prun bynnag,' awgrymodd Tanya.

'Fydd dim angen hynny,' meddai Eryl Morris yn bendant. 'Mi wna *i* ei chosbi hi! Dos am y tŷ 'na, Myfi! Rŵan!'

Doedd Myfi erioed wedi gweld ei thad mor flin, a sgrialodd i mewn i'r tŷ. Gwyddai ei bod hi ar fin cael pryd o dafod nes ei bod hi'n tasgu.

'Be haru chdi, hogan?' bloeddiodd Eryl Morris, a dau smotyn coch yn lledu ar hyd ei fochau wrth iddo gamu i mewn i'r gegin. 'Dwyn! Cwffio! Ffeit fwyd y dydd o'r blaen! Mae hi'n un peth ar ôl y llall efo chdi!'

'Nid fy mai i oedd y ffeit fwyd!' Ceisiodd Myfi amddiffyn ei hun. 'Ac nid y fi gychwynnodd y cwffio ddoe, chwaith!'

'O, a paid â dweud wrtha i, dim dy fai di oedd y dwyn chwaith!'

'Ia,' cyfaddefodd Myfi. 'Fy mai i *oedd* hynny.

Ond mi wyddoch chi pam mod i wedi gwneud y fath beth.'

'Sut medrat ti golli cymaint o bres?' Ysgydwodd Eryl Morris ei ben mewn anghrediniaeth. 'Sut buost ti mor flêr?'

'Doedd gen i ddim syniad fod 'na dwll ym mhocad fy nghôt. A dw i wedi dweud sori sawl gwaith.'

'Wnaiff "sori" ddim rhoi bwyd ar y bwrdd! Na thalu'r rhent! Na'r bil glo! A phrin dw i'n dy nabod di ers i ti ddod 'nôl o Dyddyn Grug! Trwbwl! Dwyt ti'n ddim byd ond trwbwl, Myfi!'

'Dw i'n gwneud lot o betha da hefyd,' mentrodd Myfi'n dawel.

'Fel be, felly?'

'Llnau! Golchi! Smwddio! Coginio!'

'Wel, fedri di ddim coginio rŵan – does na'm tamaid o fwyd yn y tŷ! Be fasa dy fam druan yn ei ddweud tasa hi yma?'

Cafodd Myfi ei brifo i'r byw gan eiriau Dad a fflamiodd ei thymer. 'Wn i ddim beth fasa hi'n ddweud amdanoch *chitha* chwaith!' bloeddiodd. 'Rydach chi wedi troi'n hen ddyn cas a blin!'

'Paid ti â meiddio siarad fel'na efo fi!'

'Mae o'n wir! Rydach chi'n hollol wahanol rŵan. Ac mi fasa gan Mam gywilydd ohonoch chi!'

Slap! Atseiniodd sŵn o gwmpas y gegin. Roedd Myfi wedi'i syfrdanu. Am y tro cyntaf erioed, roedd Dad wedi rhoi slap iddi hi!

Syfrdanwyd Eryl Morris hefyd. Gallai weld ôl ei fysedd ar foch Myfi, ond cyn iddo allu dweud gair, diflannodd Myfi i fyny'r grisiau. Rhuthrodd i'w hystafell, taflu'i hun ar y gwely a chladdu'i hun o dan y gobennydd.

Roedd ei thad newydd roi slap iddi. Ar ben hynny, roedd Tanya wedi troi arni. Ac roedd yr efeilliaid yn amlwg yn ei chasáu.

'Fedra i ddim diodda mwy o hyn,' meddai Myfi wrthi'i hun. 'Dw i ddim am aros yma – rhaid i mi adael cartref cyn gynted ag y medra i.'

11

Pan glywodd Myfi'r drws ffrynt yn cau â chlep uchel, neidiodd i ffenestr ei stafell wely a gweld ei thad yn brasgamu i lawr y stryd.

'Dyma 'nghyfle i,' meddai wrthi'i hun. 'Os ydw i am ddianc, rhaid i mi fynd rŵan, cyn i Dad a'r hogia ddod yn ôl.'

Estynnodd ei chês o dan y gwely a thaflu pentwr o ddillad i mewn iddo. Ychwanegodd ddau beth pwysig iawn – Moelun a'i horgan geg – ac roedd hi'n barod i fynd! Efallai fod ei thad yn meddwl ei bod hi'n ddim byd ond trwbwl, a'i brodyr a Tanya Tyff yn ei chasáu, ond roedd 'na un tŷ lle byddai croeso iddi bob amser, sef Tyddyn Grug. Byddai Yncl Peris, Anti Gwyneth a Cynan wedi gwirioni! 'Gorau po gynta yr a' i o Gabriel Street, felly,' meddai.

Sgrialodd Myfi i lawr y grisiau, ar draws teils

coch tywyll y cyntedd, ac allan drwy'r drws ffrynt. Welodd hi neb, diolch byth, a llwyddodd i gyrraedd pen pella'r stryd. Yn sydyn, safodd yn stond a meddwl – sut goblyn roedd hi'n mynd i gyrraedd Tyddyn Grug? Dal bws wnaeth hi y tro diwethaf, ond allai hi ddim gwneud hynny rŵan heb geiniog i'w henw. Oedd hi wedi bod yn rhy fyrbwyll? Oedd hi'n gwneud camgymeriad mawr? Yna cofiodd am y slap, a geiriau creulon yr efeilliaid a Tanya, ac ailddechreuodd gerdded. Byddai cyrraedd Tyddyn Grug yn anodd, ond nid yn amhosib . . .

'Map – dyna ydw i ei angen,' meddai'n gadarn. Doedd hi ddim yn gwybod enw pob pentref a thref yr aeth hi drwyddyn nhw ar y bws, a byddai angen iddi wybod y ffordd fel cefn ei llaw. Heb arian yn ei phoced, ble ar wyneb y ddaear y câi hi fap? Yn sydyn, cofiodd Myfi fod map o Lannau Mersi a Gogledd Cymru yn yr orsaf fysiau, ac anelodd yn fân ac yn fuan i gyfeiriad Station Avenue.

Fel roedd Myfi ar fin camu i mewn i fynedfa'r orsaf fysiau, daliwyd ei sylw gan enw ar ochr lorri las dywyll – Ifor Davies, Flour Merchant, Denbigh. Cyflymodd calon Myfi. Denbigh oedd yr enw Saesneg ar Ddinbych, ac roedd fan'no ar

y ffordd i Lanllechen! Petai hi'n medru cael lifft
i Ddinbych, byddai hi hanner y ffordd i Dyddyn
Grug! Camodd Myfi'n nes at y lorri, a chlustfeinio
ar sgwrs y ddau lanc ifanc mewn capiau stabl
oedd yn dadlwytho sachau o flawd o'i chefn a'u
cario i fecws cyfagos.

'Brysia efo'r sachau 'na! Os gyrhaeddwn ni
adra'n reit handi, mi gawn ni fynd am beint.'

'Maen nhw'n mynd yn syth yn ôl i Ddinbych!'
meddyliodd Myfi'n llawn cyffro wrth weld y
ddau'n gosod tarpwlin dros gefn y lorri a mynd
i mewn i'r becws.

Gallai Myfi weld y pobydd yn estyn arian
iddyn nhw, ac fel roedd hi ar fin gofyn am lifft,
sylweddolodd y gallen nhw wrthod rhoi lifft iddi
hi. Doedd Myfi ddim am fentro hynny, felly wrth
wylio'r llanciau'n ysgwyd llaw â'r pobydd, daeth
i benderfyniad. Sleifiodd at y lorri, a phan oedd
hi'n sicr nad oedd neb yn ei gwylio, cododd y
tarpwlin a stwffio oddi tano gan lusgo'i chês ar
ei hôl. Roedd hi fel y fagddu o dan y tarpwlin a
thoddodd Myfi i'r tywyllwch, gan weddïo
nad oedd neb wedi ei gweld. Ymhen ychydig
eiliadau, clywodd chwibanu hwyliog y llanciau
wrth iddyn nhw neidio i mewn i'r lorri a thanio'r
injan.

'Os rhoi di dy droed i lawr, mi fyddwn ni adra erbyn saith,' meddai un ohonynt.

'Fyddwn ni adra cyn hynny, mêt, achos mae 'ngheg i'n sych fel cesail camal!'

Chwarddodd y ddau, a llifodd ton o ryddhad dros Myfi. Wrth i'r lorri dynnu allan ac ymuno â'r llif traffig, gwyddai ei bod hi'n saff! Dim ond iddi hi beidio â thynnu sylw ati hi'i hun, ymhen ychydig oriau byddai'n cyrraedd Dinbych – hanner ffordd i Dyddyn Grug! Wrth i'r lorri fynd yn ei blaen, gallai Myfi ddychmygu'r mynyddoedd o rwbel oedd o'u cwmpas – adfeilion tai, siopau, capeli ac eglwysi. Ymhen dim gallai glywed sgrechian a chwerthin y plant tenau gyda'r wynebau budr a chwaraeai yng nghanol y llanast, a chyfarth y cŵn yn y cefndir.

Yna, dechreuodd y lorri godi sbîd a dyfalodd y bydden nhw'n plymio o dan afon Mersi cyn bo hir, ac yn teithio drwy'r twnnel. Ar ôl hynny, byddai adeiladau budr y ddinas yn dechrau teneuo a glesni'n gwthio'i ffordd drwy'r llwydni, wrth iddyn nhw deithio tuag at y ffin rhwng Lloegr a Chymru.

'Tybed ydyn nhw wedi sylweddoli eto mod i wedi dianc?' meddai Myfi wrthi'i hun, gan feddwl am y croeso a gâi yn Nhyddyn Grug.

'A hyd yn oed os ydyn nhw, fydd dim taten o ots ganddyn nhw.'

Wrth iddi ystyried hynny, daeth lwmp i wddf Myfi, ond gwyddai na allai fforddio torri i lawr. Roedd ganddi daith bell o'i blaen, ac roedd angen iddi fod yn gryf – yn gryfach nag y bu hi erioed o'r blaen.

Deffrodd Myfi'n sydyn, ac am eiliad doedd ganddi ddim syniad ble roedd hi. Yna, clywodd sŵn drysau lorri'n cau a lleisiau llanciau'n llenwi'r awyr.

'Ti'n iawn! Rydan ni adra cyn saith!'

'Y Leion amdani reit handi, felly!'

Dychrynnodd Myfi. Rhaid ei bod hi wedi syrthio i gysgu! Roedd hi'n stiff fel procer ar ôl cysgu'n gam ar lawr y lorri, ond feiddiai hi ddim symud. Byddai'n rhaid iddi orwedd fel delw nes i'r llanciau adael am y dafarn, ac wedyn câi gyfle i sleifio'n llechwraidd o gefn y lorri. Ond yna, rhwygwyd y tarpwlin oddi arni a chafodd ei dallu gan oleuni.

'Be goblyn . . ?' ebychodd un o'r llanciau wrth

weld geneth ifanc yn syllu'n ofnus arno o gefn ei lorri.

'Pwy gebyst wyt ti?' gofynnodd y llall yn syn wrth i Myfi straffaglu i godi ar ei thraed, cydio yn ei chês, a neidio allan o gefn y lorri. Rhedodd fel mellten ar draws yr iard, a'r llanciau ar ei hôl.

'Hei, ty'd yn ôl i fan'ma – ar unwaith!' gwaeddodd un ohonyn nhw.

Buan iawn roedd Myfi wedi mynd heibio i sgubor gyda'r arwydd Ifor Davies, Flour Merchant arno, a saethu drwy'r giât ac i mewn i ffordd gul gyda gwrychoedd uchel o boptu iddi. Gallai glywed sŵn esgidiau hoelion mawr yn clecian i lawr y ffordd ar ei hôl.

'Stopia'r gwalch!'

'Ia! Aros!'

Ond doedd Myfi ddim yn mynd i aros. Ymlaen ac ymlaen yr aeth hi, nes sylweddoli bod y gweiddi a sŵn yr esgidiau hoelion mawr y tu ôl iddi wedi tawelu. Cymerodd Myfi gip sydyn dros ei hysgwydd, ac wrth weld bod y ffordd gul y tu ôl iddi'n wag, arafodd i stop. Er bod ei bochau'n llosgi, a'i hanadl yn brin, roedd hi wedi dianc rhag y llanciau! Ac roedd rhan gyntaf y cynllun yn ei le!

Dechreuodd Myfi gerdded ling-di-long i lawr y ffordd gul, er nad oedd ganddi syniad i ble roedd hi'n mynd. Gwyddai mai rhywle ar gyrion Dinbych oedd hi, yn hytrach nag yng nghanol y dref, a gwyddai hefyd y dylai ddod o hyd i rywbeth i'w fwyta a rhywle i aros dros nos cyn iddi ddechrau tywyllu. Ond heb ddime i'w henw, beryg mai mynd i gysgu ar ei chythlwng fyddai hi. Chafodd hi ddim tamed ers amser brecwast ac roedd dreigiau yn ei stumog. Ond wrth iddi fynd heibio'r tro yn y ffordd, gwelodd fieri mwyar duon yn gwthio'u ffordd drwy'r gwrych. Roedd y rhan fwyaf o'r mwyar wedi'u pigo, ond roedd dyrnaid o ffrwyth ar un brigyn. Rhuthrodd Myfi ato a'u stwffio i'w cheg. Mewn chwinciad roedd y sudd piws yn duo'i dannedd ac yn llifo i lawr ei gên. Roedd y mwyar mor flasus, ond doedd dim mwy i'w gael. Melltithiodd ei lwc ac ailddechrau cerdded yn ei blaen unwaith eto.

Roedd hi'n nosi'n gyflym a thynnodd ei chôt yn dynnach amdani wrth i'r glaw ddechrau pigo. Brifai ei thraed ac roedd y dafnau glaw a fynnai lithro heibio'i choler ac i lawr ei chefn yn oer ac annifyr. Cyn bo hir, cyrhaeddodd Myfi at gyffordd, ac wrth edrych i'r chwith gwelai ffarm fechan tua hanner canllath i ffwrdd. Rhannwyd y ffarm yn ddwy ran, gyda thŷ deulawr gwyngalchog ar un ochr i'r ffordd, a thŷ gwair sinc gyda tho bwa yr ochr arall. Gwibrle oedd enw'r ffarm, a chafodd Myfi ei bwrw gan arogl tail cryf wrth iddi daro'i phen heibio giât y buarth. Roedd y tŷ'n dywyll a difywyd, a phenderfynodd Myfi na fyddai neb damed callach petai hi'n cysgu'r nos yn y tŷ gwair. Byddai wedi ailgychwyn ar ei thaith cyn i neb sylwi arni.

Gwnaeth wâl fach gysurus iddi'i hun y tu ôl i bentwr o fêls cyn agor ei chês a thynnu dwy siwmper allan ohono. Rowliodd un yn obennydd o dan ei phen, a thaenu'r llall drosti wrth orwedd i lawr. Roedd hi'n braf cael hoe ar ôl prysurdeb y dydd, ac wrth iddi ymlacio dechreuodd Myfi astudio'r sêr oedd wedi ymddangos yn yr awyr heb iddi sylwi bron. Roedd y cymylau glaw'n chwalu a chyn hir disgleiriai'r lleuad fel sofren uwchben. Heblaw am fref ambell ddafad roedd hi fel y bedd yn Gwibrle, a chrwydrodd meddwl Myfi'n ôl i 13 Gabriel Street. 'Mi fydd Dad a'r efeilliaid wedi sylwi mod i wedi gadael erbyn hyn,' meddai wrthi'i hun. 'Ddylwn i ddim fod wedi mynd heb sôn gair wrth neb . . . ond doedd gen i ddim dewis.'

'Rydach *chi'n* dallt pam fod yn rhaid i mi fynd dydach, Mam?' sibrydodd Myfi wrth weld un seren fach wen yn disgleirio'n loywach na'r gweddill. 'Dydi petha ddim 'run fath hebddach chi adra. Ac mi wnewch chi'n siŵr mod i'n cyrraedd Tyddyn Grug yn saff, gwnewch?'

Winciodd y seren fach wen arni a theimlai Myfi'n ddiogel o'r diwedd. Swatiodd o dan ei siwmper a syrthio i gysgu.

12

Roedd Myfi'n breuddwydio'n braf pan gafodd ei deffro'n sydyn wrth deimlo anadl boeth ar ei boch. Cododd ar ei heistedd, a gweld dau lygad brown yn syllu arni. O dan y llygaid roedd trwyn tamp, a sylweddolodd Myfi fod daeargi bach du'n ei synhwyro'n chwilfrydig.

'Iawn, boi?' gofynnodd gan estyn llaw i fwytho'r ci. Llyfodd yntau ei llaw a diolchodd Myfi i'r drefn ei fod o'n gi bach cyfeillgar. Ond pan geisiodd godi ar ei thraed, dechreuodd y daeargi gyfarth. 'Shhh, boi,' siarsiodd Myfi, 'cyn i ti ddeffro pawb yn y tŷ!' Doedd hi ddim eisiau cael ei dal yn ei chuddfan, felly stryffaglodd i ddringo dros y bêls gwair gan lusgo'i chês a'i siwmperi ar ei hôl. Ond roedd y daeargi bach wedi mynd i hwyl, ei gynffon yn troelli fel gwyntyll, a gwyddai Myfi fod yn rhaid iddi ddiflannu'n reit handi neu byddai'r ffermwr ar ei gwarthaf. Cipiodd ddarn o bren oddi ar lawr a'i daflu ar draws y tŷ gwair. '*Fetch!*' galwodd, ac wrth i'r daeargi sboncio ar ei ôl, diflannodd Myfi drwy'r drws a dechrau rhedeg i lawr y ffordd. Ond mewn chwinciad, roedd y daeargi bach du'n trotian wrth ei hymyl, gan gario'r pren yn ei geg.

'Benji! Be 'di'r holl dwrw 'ma?!'

Dychrynnodd Myfi. Roedd y ffermwr wedi deffro! Cipiodd y pren mewn panig a'i hyrddio'n ôl i gyfeiriad y ffermdy. '*Fetch*, Benji!' gwaeddodd ac wrth i'r daeargi ruthro ôl y pren, rhedodd Myfi i'r cyfeiriad arall.

Y tro hwn, ddilynodd Benji mohoni a thybiodd Myfi fod y ffermwr wedi cyrraedd y buarth. Ond edrychodd hi ddim yn ôl, dim ond rhoi cymaint o bellter ag y gallai rhyngddi hi a Gwibrle.

Wedi rhyw ddeng munud o redeg, allai Myfi ddim meddwl am ddim ond bwyd. Fyddai hi byth yn llwyddo i gyrraedd Llanllechen heb damed yn ei bol. Dechreuodd freuddwydio am ddiod o laeth neu sleisen o gig moch a bara menyn, ond roedd hynny ond yn gwneud iddi deimlo'n waeth.

Aeth yn ei blaen am ryw chwarter milltir cyn gweld bwthyn pinc gyda chorn cam ar ochr y ffordd. Crafai dwsin o ieir o gwmpas y drws ffrynt a daeth dŵr i ddannedd Myfi wrth iddi feddwl pa mor dda fyddai cael wy ar dost. Gwyrodd y ffordd i'r chwith a daeth croesffordd i'r golwg. Fel roedd hi ar fin ei chyrraedd, clywodd Myfi sŵn dŵr, a meddyliodd am funud mai dychmygu yr oedd hi. Ond wrth iddi graffu o'i chwmpas, gwelodd bistyll gloyw'n byrlymu o'r gwrych. Gollyngodd Myfi'i chês a llamu tuag ato gan gwpanu ei dwylo o dan y pistyll ac yfed yn farus. Blasai'r dŵr oer yn fendigedig a llowciodd Myfi'n frwd.

Doedd Myfi ddim yr un ferch ar ôl iddi gael diod, ac roedd hi'n dipyn sioncach yn cyrraedd y groesffordd. Ond wyddai hi ddim pa ffordd i fynd. Ai'n syth ymlaen yr oedd Dinbych? Doedd dim arwydd yn unman. Doedd dim amdani felly ond cymryd anadl ddofn a dewis un o'r ffyrdd, ond roedd arni ofn gwneud camgymeriad. Wrth iddi ddechrau cnoi ewin yn ansicr clywodd sŵn cloch eglwys yn canu rhywle yn y pellter. Clustfeiniodd a chael syniad. Os gallai hi ddod o hyd i'r eglwys, gallai ofyn am gyfarwyddiadau i Ddinbych gan y bobl fyddai'n mynd yno i'r gwasanaeth fore Sul. Felly, dilynodd Myfi y sŵn a throi i'r dde.

Rhoddodd ochenaid o ryddhad pan ddaeth twr eglwys i'r golwg yn swatio mewn clwstwr o goed. Erbyn iddi gyrraedd gwaelod yr allt gallai weld llu o bobl yn heidio tua'r eglwys yn eu siwtiau Sul. Roedd cawr o ficer â mwstash fel brwsh yn sefyll ger y giât yn eu croesawu i'r gwasanaeth. Gwenodd y ficer pan welodd Myfi'n nesáu. 'Croeso i Eglwys Sant Ioan, 'mechan i.'

'Y . . . diolch . . . ond dydw i ddim yn dod i'r gwasanaeth,' meddai Myfi. 'Trio ffeindio'n ffordd i Ddinbych ydw i.'

'Pwy ydach chi'n 'nabod yn Ninbych, felly?' holodd y ficer yn gyfeillgar.

'Neb . . . Eisio cyrraedd Llanelwy ydw i a dweud y gwir.'

'Llanelwy?! Dydach chi ddim yn cerdded yr holl ffordd i fan'no?'

'Ym . . . ydw . . .' meddai Myfi. Rhaid i mi fynd drwy Ddinbych i gyrraedd Llanelwy, yn bydd?'

'Na. 'Sdim rhaid. Fedrwch chi osgoi canol y dre drwy gymryd yr heol nesaf i'r chwith,' eglurodd y ficer, 'yna trowch i'r dde pan welwch chi'r bont garreg ac wedyn mi fyddwch chi ar ffordd Llanelwy.'

'Iawn,' meddai Myfi. 'Diolch.'

'Croeso. Pob hwyl.'

Bu Myfi'n cerdded a cherdded a cherdded. Trodd y bore'n brynhawn wrth i'r holl gaeau, y coed, y bryniau a'r adeiladau yr aeth hi heibio iddyn nhw doddi'n un. Roedd yr haul yn disgleirio erbyn hyn gan fwrw'i belydrau didostur arni.

Wrth droed allt serth, dechreuodd ei ffêr chwith grafu yn erbyn cefn ei hesgid. Erbyn iddi gyrraedd copa'r allt teimlai'n fwy poenus, felly gwthiodd bodiau ei thraed i flaen ei hesgid, i geisio tynnu'r pwysau oddi ar ei ffêr. Ond roedd yn dal i rwbio yn erbyn y lledr, a chyn bo hir roedd Myfi'n hercian.

Stopiodd i eistedd yng nghysgod y gwrych a gweld patshyn tywyll o waed yn staenio'i hesgid. Tynnodd honno'n flin a gweld drwy'r twll yn ei hosan bod swigen wedi byrstio'n slwj gwaedlyd ar ei ffêr. Doedd dim rhyfedd bod ei throed yn brifo. Gwingodd Myfi wrth dynnu'r hosan oddi am ei ffêr. Roedd hi wedi cerdded milltiroedd ond wyddai hi ddim a allai hi gerdded gam ymhellach gyda'r fath friw ar ei throed. Penderfynodd gymryd hoe, gan obeithio y byddai gorffwys yn gwneud iddi deimlo'n well.

Roedd Myfi wedi bod yn gorwedd am dros awr pan glywodd sŵn car yn dod i lawr y ffordd tuag ati, a rhywun yn morio canu y tu mewn iddo. Cododd Myfi ar ei heistedd i weld Austin 7 brown yn stopio o'i blaen.

Daeth mwstash fel brwsh i'r golwg yn ffenestr y gyrrwr. 'Be goblyn sydd wedi digwydd i chi 'mechan i?'

'O . . . ym . . . *blistar*,' meddai Myfi wrth iddi adnabod y ficer y buodd hi'n siarad ag o ger yr eglwys.

'Nefoedd yr adar!' ebychodd y ficer pan welodd ei throed. 'Chyrhaeddwch chi byth mo Lanelwy yn y cyflwr yna.'

'Ydach chi'ch dau yn adnabod eich gilydd?' gofynnodd y ddynes grand a eisteddai yn ei ymyl.

'Mi gwrddon ni bore 'ma,' eglurodd y ficer.

'Wel, cynigia lifft iddi 'ta, Vernon cariad,' meddai'r ddynes. 'I Lanelwy rydan ninnau'n mynd hefyd,' eglurodd wrth Myfi.

'O, diolch yn fawr!' meddai Myfi, a'i hwyneb yn goleuo.

'Neidiwch i mewn 'ta!' meddai'r ficer, gan ddod allan o'r car a helpu Myfi i mewn i'r cefn. Yna, rhoddodd ei droed i lawr ar y sbardun, a chyn i Myfi wybod beth oedd yn digwydd, roedd yr Austin 7 yn symud i lawr y ffordd a'r ficer yn morio canu unwaith eto.

Cafodd Myfi ei gollwng mewn arhosfan fysiau yr ochr bellaf i Lanelwy. Ar ôl iddi ddiolch am y lifft, gwyliodd yr Austin 7 yn mynd o'r golwg o gwmpas y tro.

Edrychodd o'i chwmpas ar y stribyn o dai teras tlawd yn syth o'i blaen, a'r cae pêl droed a'r coed y tu hwnt iddyn nhw. Wrth iddi nesáu, gwelodd Myfi mai coed afalau oedden nhw a'r rheiny'n berwi o ffrwythau. Ar unwaith, gollyngodd ei chês yn glec ar lawr a dringo'r goeden agosaf fel gwiwer fach. Cipiodd afal ffres oddi ar frigyn ac wrth iddi ei fwyta'n awchus ar gangen isaf y goeden, cofiodd cymaint roedd hi'n llwgu. Bwytaodd ddau afal arall cyn penderfynu hel rhagor ohonyn nhw i fynd gyda hi ar y ffordd i Lanllechen. Dringodd i lawr y goeden a sylwi nad oedd ei chês hi yno. Edrychodd o'i chwmpas mewn penbleth. Yna gwelodd ffigwr gwalltog yn sleifio i lawr y ffordd â'i chês o dan ei fraich.

'Hei! Stop!' sgrechiodd Myfi gan ollwng ei hafalau a rhedeg ar ei ôl, er bod y swigen ar ei throed yn gwneud iddi wingo mewn poen. 'Fy nghês i ydi hwnna!' gwaeddodd.

'Fi bia fo rŵan!'

Ffrwydrodd cawod o boer dros Myfi wrth i'r ffigwr droi a rhoi hergwd iddi. Baglodd hithau i'r llawr, ac wrth i ddrewdod y dyn ei bwrw sylweddolodd mai dyma'r crwydryn butraf iddi'i weld erioed. Crafangodd am ei chês wrth iddi ddisgyn a chliciodd hwnnw'n agored gan chwydu peth o'i gynnwys ar hyd y ffordd. Ond wnaeth y crwydryn ddim gollwng ei chês. Llanwodd llygaid Myfi â dagrau wrth iddi ei wylio'n diflannu, tra'i bod hi'n gorwedd yn swp ar lawr.

13

Roedd Myfi wedi ypsetio'n lân ar ôl y lladrad. Deallai rŵan sut roedd taid Tanya Tyff yn teimlo ar ôl iddi drio dwyn llysiau o'i randir, ond siawns fod gwahaniaeth rhwng dwyn cenhinen neu ddwy a dwyn cês oedd yn cynnwys holl eiddo rhywun. Fyddai ei dillad hi na Moelun druan, yn dda i ddim i'r tramp ac roedd Myfi'n flin mai'r unig beth y llwyddodd i'w achub o'r cês oedd ei horgan geg ac un siwmper. Rhwng ei throed a'r lladrad, doedd gan Myfi ddim nerth i gerdded ymhellach, felly penderfynodd chwilio am loches dros nos. Pan welodd hen dŷ wedi mynd â'i ben iddo ar y ffordd allan o Lanelwy, sleifiodd i mewn iddo. Roedd y lle'n drewi o damp ac er bod llawr yr adeilad yn llanast o faw defaid, aeth Myfi i swatio o dan y twll du ble bu ffenestr unwaith. A dyna ble arhosodd hi drwy'r nos yn llyfu'i chlwyfau ac yn meddwl am ei thad a'r efeilliaid. Bu Myfi'n troi a throsi am oriau cyn disgyn i gysgu'n anesmwyth.

Cododd Myfi'n gynnar y bore wedyn, bwyta'r afalau oedd ar ôl yn ei phoced, ac ailddechrau cerdded. Roedd hi'n fore ffresh a'r cloddiau'n fyw o adar a phryfed. Roedd y ffyrdd yn brysurach hefyd a beiciodd peth wmbreth o bobl heibio iddi ar eu ffordd i'r gwaith. Ymhen tipyn gwelodd Myfi arwydd am Abergele, saith milltir i ffwrdd, a gwyddai ei bod ar y ffordd iawn. Gallai gyrraedd yno erbyn amser cinio petai'n rhoi tân dani, felly aeth yn ei blaen yn benderfynol.

Er bod colli'i chês yn ergyd, doedd dim dwywaith ei bod hi'n haws cerdded hebddo. Teimlai Myfi'n ysgafnach, a symudai'n gyflymach, ond cyn hir dechreuodd ei ffêr frifo unwaith eto. Sylweddolodd y byddai'n rhaid iddi wneud rhywbeth i'r swigen ar ei throed cyn cyrraedd Tyddyn Grug. Dechreuodd chwilio am ddail tafol yng nghloddiau'r ffordd fawr. Dyna fyddai hi'n rhwbio ar ei chroen pan fyddai'n dyner. Allai Myfi ddim gweld unrhyw ddeilen fawr werdd, felly dilynodd ei thrwyn ar hyd llwybr mwdlyd oedd yn gwyro i'r dde. Wrth iddi wneud hynny, clywodd gip o felodi ar yr awel – melodi gyfarwydd, gysurus – ac er na wyddai Myfi beth yn union oedd hi, herciodd yn is i lawr y llwybr gan fynd yn fwyfwy chwilfrydig.

Syllodd Myfi'n gegagored pan ddaeth carafán sipsi i'r golwg heibio'r tro – un goch a gwyrdd, gyda tho bwaog glas ac olwynion du. Roedd hi wedi'i pharcio yng nghanol llannerch goediog ac roedd ei drws yn llydan agored, er nad oedd neb o gwmpas y lle, heblaw am ferlen yn pori ym mhen pella'r llannerch. Wrth ochr y garafán, roedd sosban ddu yn berwi ar y tân, ac arogl sbeislyd rhyfedd yn codi ohoni. Daeth dŵr i ddannedd Myfi, ond wrth iddi gamu'n nes i fusnesu, clywodd lais cras y tu cefn iddi.

'Bŵ!'

Neidiodd Myfi i'r awyr mewn braw a gweld sipsi fain mewn ffrog binc yn sefyll y tu ôl iddi. 'Wnes i mo dy ddychryn di gobeithio?' gofynnodd, gan wybod yn iawn iddi wneud hynny.

'Ym . . . dilyn y miwsig wnes i,' meddai Myfi, cyn sylwi ar y ffidil dan fraich y sipsi. 'Chi oedd yn chwara?'

'Falla.'

'Ro'n i'n meddwl mod i'n adnabod yr alaw.'

'Si hei lwli.'

'Wel, ia siŵr!' meddai Myfi gan wenu. 'Byddai Mam yn arfer ei chanu hi i'm suo i i gysgu . . .'

'A lle mae dy fam rŵan, Miss? Ydi hi'n gwybod dy fod ti'n busnesu o gwmpas cartrefi pobol?'

'Buodd Mam farw.'

'O.' Diflannodd y direidi o lygaid y sipsi. 'Colli dy fam yn y rhyfel wnest ti?'

'Jest ar ôl hynny.'

Nodiodd y sipsi a throelli cudyn o'i gwallt brith o gwmpas ei bys. 'Anodd, dydi? Colli rhywun.'

'Ydi.'

'Mi gollais i'n hogyn i yn Ffrainc. Bedair blynedd yn ôl. Ugain oed oedd o.'

'Do'n i ddim yn gwybod bod sipsiwn wedi mynd i'r rhyfel.'

'Aeth y rhai call ddim.'

Brasgamodd y sipsi heibio i Myfi a rhoi proc ffyrnig i'r tân. Rhegodd wrth i gawod o wreichion dasgu ohono dros y sosban. 'Mi gei di eistedd am funud bach.' Gwnaeth y sipsi le iddi o flaen y tân a chrwydrodd llygaid Myfi i'r sosban wrth iddi eistedd.

'Llwglyd, Miss?' gofynnodd y sipsi.

'Ychydig bach.'

'Stiw cwningan sy gen i fan hyn. Wyt ti'n ffansïo peth?'

''Sgynnoch chi'm digon, beryg.'

Amneidiodd y sipsi at y garafán a gwelodd Myfi fod dwy gwningen arall yn crogi ar fachau oddi tani. 'Iawn 'ta, mi gymera i beth o'r stiw. Diolch i chi.'

Croesodd y sipsi at y garafán a chipio cwpan enamel gwyn oddi ar fachyn ger y drws. Yna, dychwelodd at y sosban a'i llenwi â stiw cyn ei rhoi i Myfi. Dechreuodd hithau fwyta'n awchus.

'Rasmws! Dwyt ti'm yn cael bwyd adra neu be?' gofynnodd y sipsi, a sylweddoli'n syth ei bod wedi cyffwrdd â nerf wrth weld Myfi'n gwrido. 'A lle mae adra beth bynnag?'

'Lerpwl.'

Cododd y sipsi ei haeliau mewn syndod. 'Lerpwl? Rwyt ti'n bell iawn o fan'no, Miss.'

'Teithio ydw i.'

'Ar ben dy hun bach?'

'Fel chi.'

'Mae gen i garafán a cheffyl. Does gen ti'm byd yn ôl ei golwg hi. I ble'n union wyt ti'n mynd?'

'Llanllechen.'

'Wrth droed yr Wyddfa?'

'Wyddoch chi amdano?'

'Mae o'n lle da i werthu pegiau. Ond rwyt ti'n bell o fan'no hefyd, Miss.'

'Mae Yncl Peris ac Anti Gwyneth yn byw yno.'

'O, wela i. Ydi dy dad yn hapus dy fod ti'n teithio'r holl ffordd yno ar ben dy hun?'

'Ydi.' Ond yr eiliad y llithrodd y celwydd o'i cheg, gallai Myfi deimlo llygaid y sipsi'n llosgi i mewn iddi.

'Dydi o ddim yn gwybod dy fod ti wedi gadal, nacdi?'

'Dydi adra ddim 'run fath rŵan,' meddai Myfi'n ddistaw, gan geisio osgoi'r cwestiwn. 'Ddim ers i Mam fynd.'

'Fydd nunlle 'run fath ar ôl iddi hi fynd,' dywedodd y sipsi, a'i llygaid yn meddalu. 'Dwi'n siŵr na fasa hi'n hapus iawn tasa hi'n gwybod dy fod ti'n crwydro'r wlad 'ma ar ben dy hun bach . . .'

'Mae hi'n cadw llygad arna i – o fyny fan'na,' eglurodd Myfi, gan bwyntio i'r awyr. 'Falla bod eich mab chi i fyny yna hefo hi?'

'Na, fan hyn mae Jojo,' meddai'r sipsi, a phwyntio at ei chalon. Yna, sylwodd ar droed Myfi. 'Gwranda, dw i ddim yn meddwl dy fod ti'n gwneud peth call yn trio cyrraedd Llanllechen â'r ffasiwn olwg ar dy ffêr. Pam na gymeri di fws neu drên?'

''Sgen i ddim pres.'

'Mae gen i ychydig o bres,' meddai'r sipsi. 'Felly pam na werthi di honna i mi?'

'Be?' Rhythodd Myfi ar y organ geg yn ei llaw. 'Yncl Peris roddodd hon yn anrheg i mi!'

'Dw i'n fodlon rhoi swllt a chwech i ti amdani.'

Roedd Myfi'n gwirioni ar yr organ geg, ond fyddai hi'n ddim help iddi gyrraedd Tyddyn Grug. Arian oedd yr unig beth fyddai'n gwneud hynny. A gwyddai fod hwn yn gynnig rhy dda i'w golli.

'Hanner coron! Dyna 'nghynnig ola i!'

'Iawn,' cytunodd Myfi, a chydiodd y sipsi yn llaw Myfi a'i hysgwyd.

Chwipiodd ei hesgid oddi ar ei throed a thynnu hanner coron sgleiniog ohoni a'i rhoi i Myfi.

'Mae 'na stesion drenau yn Abergele,' meddai gan gipio'r organ geg o law Myfi. 'Felly i ffwrdd â chdi, Miss!'

14

Roedd hi fel ffair yng ngorsaf drenau Bangor, y platfform yn berwi o bobl a phlant yn brwydro i lusgo'u bagiau oddi ar y trên cyn i'r gard chwythu'i bîb. Gan anwybyddu'r sŵn a'r rhuthro o'i chwmpas, toddodd Myfi i mewn i'r dorf. Ar ôl camu allan o'r orsaf brysur, safodd yno'n edrych o'i chwmpas gan ystyried sut yn y byd roedd hi'n mynd i gyrraedd Llanllechen. Yn sydyn, clywodd floedd.

'Myfi!'

Trodd Myfi, a'i llygaid yn chwilio'r dyrfa, ond doedd neb cyfarwydd i'w weld yn unman.

'Myfiiii!'

Roedd y floedd yn uwch a dyna pryd y gwelodd Myfi ddwy blethen gringoch yn hedfan tuag ati drwy'r dorf. 'Be goblyn *ti'n* 'neud yma?'

Gwelai Gwenan yn brwydro'i ffordd tuag ati, ei llygaid yn dawnsio.

'Gwenan! Be *ti*'n 'neud yma?!' holodd Myfi.

'Nôl nwyddau ar gyfer y siop efo Dad!'

'O, dw i mor falch o dy weld di!' ebychodd Myfi gan gydio ynddi'n dynn.

'Iesgob, ti'n edrych fel tasat ti wedi cael dy dynnu drwy'r drain,' meddai Gwenan gan astudio wyneb budr Myfi a'i dillad crychlyd.

'Diolch!'

'Dy hun wyt ti? Lle mae dy dad a'r hogia?'

'Lerpwl.'

'Dwyt ti 'rioed wedi dod yr holl ffordd yma ar ben dy hun bach?' gofynnodd Gwenan yn llawn edmygedd.

'Do,' cyfaddefodd Myfi'n dawel.

'Beth?!' rhyfeddodd Gwenan. 'Yma ar dy wyliau wyt ti?'

'Mi fydd o'n fwy na gwyliau, efo tipyn o lwc . . .'

'Iesgob, be sydd wedi digwydd i ti?' holodd Gwenan gan synhwyro'n sydyn bod rhywbeth mawr o'i le.

'Ddyweda i wrthat ti'n nes mlaen,' meddai Myfi pan welodd Sel Siop yn bystachu tuag atyn nhw'n cario tri bocs enfawr o Sbam, a phorthor wrth ei gwt yn cario tri bocs arall. 'Ti'n meddwl ga i lifft i Lanllechen efo dy dad a titha?'

'Cei siŵr! Ond mi fydd raid i ti stwffio i gefn y fan, rhwng y bocsys.' Trodd Gwenan at ei thad a gofyn, 'Mi gaiff Myfi lifft adra efo ni, yn caiff, Dad?'

Lledodd llygaid Sel Siop mewn syndod pan welodd Myfi'n sefyll o'i flaen. 'Nefi wen, be sy'n dod â chdi 'nôl i fama, Myfi Morris?' holodd yn chwilfrydig.

'Stori hir.'

'Ar dy ffordd i Dyddyn Grug wyt ti?'

'Ia.'

'Wel, neidia i gefn y fan 'ta. Mi awn ni â chdi i ddrws y tŷ, dim problem.'

'Diolch,' meddai Myfi yn llawn rhyddhad.

'Reit, shifftiwch chi rŵan, genod, cyn i mi sigo dan bwysau'r holl Sbam 'ma!'

Chwarddodd Gwenan cyn llithro'i braich drwy fraich Myfi ac anelu am y fan.

Doedd Myfi erioed wedi bod mor falch o weld y ffordd dyllog a arweiniai i lawr at Dyddyn Grug, a llifodd ton o ryddhad drosti pan ddaeth y bwthyn gwyngalchog i'r golwg. Pan welodd hi Cynan yn drybowndian drwy'r drws cefn gan gyfarth fel peth gwirion, Yncl Peris yn ei ddilyn mewn cwmwl o fwg pibell, ac Anti Gwyneth yn fusnes i gyd wrth ei gwt, ysai Myfi am gael mynd allan o'r fan.

'Ylwch pwy ffeindion ni yn stesion Bangor!' meddai Sel Siop wrth agor drws cefn y fan yn ddramatig. Safodd Yncl Peris ac Anti Gwyneth yn syfrdan o weld Myfi'n dringo allan o ganol y bocsys Sbam.

'Syrpréis!' gwaeddodd Myfi ond ddywedodd yr un o'r ddau air am funud. 'Syrpréis neis, gobeithio?' ychwanegodd braidd yn betrus.

'Wel ydi siŵr iawn!' Rhuthrodd Anti Gwyneth ati a lapio'i breichiau nobl yn dynn am Myfi, tra dawnsiai Cynan o'i chwmpas yn trio llyfu'i llaw. 'Ond be gebyst wyt ti'n neud 'ma?'

'Dw i wedi dod i aros – os ydi hynny'n iawn.'

'Wrth gwrs ei fod o'n iawn!' meddai Yncl Peris gan chwalu cyrls Myfi'n chwareus. 'Mae 'na wastad groeso i ti yma. Ond does 'na'm llawer o amser ers i ti fynd yn ôl i Lerpwl. A be sy gan dy dad i ddweud am y peth?'

'Wel . . . ym . . . dydi Dad ddim yn gwybod mod i yma . . .' meddai'n Myfi'n gloff.

'Be? Dwyt ti ddim wedi rhedeg i ffwrdd, naddo?' gofynnodd Gwenan gan chwerthin ond pan welodd yr olwg ddifrifol ar wyneb Myfi, gwyddai ei bod wedi taro'r hoelen ar ei phen. Difrifolodd yn syth. 'Iesgob, mae hi *yn* stori hir, felly . . .' ychwanegodd wrth i bawb syllu'n syn ar Myfi.

'Ym . . . Dw i'n meddwl y basa'n well i ni'n dau fynd adra, Gwenan,' meddai Sel Siop wrth synhwyro'r tensiwn yn yr awyr. 'Amsar swpar.'

'Dw i ddim eisio swpar!' meddai Gwenan. 'Dw i eisio clywed hanas Myfi!'

'Wel, mi gei di glywed rywbryd eto,' meddai Sel Siop yn bendant gan gydio ym mraich Gwenan a'i gwthio i gyfeiriad y fan. 'Dw i'n siŵr y basa Peris, Gwyneth a Myfi'n hoffi cael llonydd i siarad.'

'Ond Dad!'

'Ty'd!' meddai Sel Siop gan wthio Gwenan i mewn i'r fan a chau'r drws yn glep.

'Ti'n iawn, Myfi?!' gwaeddodd Gwenan gan wthio'i phen drwy'r ffenestr. Roedd hi'n falch o weld ei ffrind gorau'n nodio. 'Fydda i eisio clywed popeth fory, iawn!' ychwanegodd cyn i Sel Siop danio'r injan a gyrru'r fan allan o'r buarth.

'Rydan ninna eisio clywed popeth hefyd,' dywedodd Yncl Peris yn dawel gan droi at Myfi. 'Ty'd, gawn ni'n tri sgwrs dros baned o de.'

Eisteddai Myfi ar y setl, yn magu cwpanaid o de, a Cynan yn swatio'n fwndel o ffwr cynnes wrth ei thraed.

'Dydi adra jest ddim 'run fath,' meddai Myfi gan wneud ei gorau glas i egluro sut roedd hi'n teimlo. 'Ddim 'run fath o gwbwl.'

'Fydd petha byth 'run fath eto, pwt,' meddai Anti Gwyneth yn dyner, 'ddim heb dy fam.'

'Ond dydi Dad ddim 'run fath ag oedd o, chwaith! Mae o'n flin ac yn gas drwy'r amser . . .'

'Dw i'n siŵr nad ydi hynny'n wir,' meddai Yncl Peris gan danio'i getyn yn hamddenol.

'Ydi, mae o!'

'Doedd o ddim yn flin pan aethon ni â chdi'n ôl adre. Roedd o wedi gwirioni'n lân wrth dy weld di. Ro'n i'n meddwl na fasa fo fyth yn stopio dy gofleidio di.'

'Ond pharodd hynny ddim,' meddai Myfi. 'Does ganddo fo ddim amynedd efo neb, ac mae o'n gwrthod chwarae criced efo ni . . .'

'Dwyt ti ddim wedi rhedeg i ffwrdd am fod dy dad yn gwrthod chwarae criced, does bosib?'

'Nacdw siŵr, Yncl Peris! Dw i wedi gadael achos 'i fod o'n fy nghasáu i.'

'Dw i'n siŵr nad ydi hynny'n wir, pwt,' meddai Anti Gwyneth gan wasgu Myfi i'w chôl.

'Ydi! Ac mae'r hogia'n fy nghasáu i hefyd! Maen nhw'n gangio fyny arna i drwy'r adeg, ac yn rhoi'r bai arna i am bob dim!'

'Fel be?' holodd Yncl Peris gan chwythu cwmwl o fwg i'r awyr.

'Wel . . . wel . . . gawson ni ffeit fwyd – a fi gafodd y bai i gyd.'

'Ffeit fwyd?' holodd Anti Gwyneth mewn syndod. 'A ninna yng nghanol dogni?'

'Arthur ac Ifan ddechreuodd trwy fflicio blawd ata i tra o'n i'n gwneud crempog. Ac mi aeth Dad yn wallgo!'

'Wela i ddim bai arno fo,' dwrdiodd Yncl Peris. 'All neb fforddio gwastraffu bwyd . . .'

'Na, mi wn i! Ond yr hogia oedd ar fai, dim fi! A dydyn nhw'n gwneud dim byd ond cwyno, a gwylltio'n gacwn os na fydd eu swpar nhw ar y bwrdd erbyn chwech bob nos!'

'Y chdi sy'n gwneud swpar *bob* nos?' gofynnodd Anti Gwyneth yn syn.

'Ia. A brecwast a chinio. A fi sy'n gorfod gwneud y llnau a'r golchi a'r manglo i gyd hefyd.'

'Does 'run ohonyn nhw'n dy helpu di, pwt?'

'Na. Mae'r ddau wedi dechrau labro yn yr

Atlantic Dock efo Dad. Mi fu'n rhaid i mi ddechrau yn ysgol Bluefriars ar ben fy hun bach. A does gen i 'run ffrind yn fan'no chwaith. Ro'n i'n meddwl bod 'na hogan yn ffrindia efo fi, ond mi ddechreuodd hi gwffio efo fi . . .'

'Be?!' ebychodd Anti Gwyneth mewn braw.

'Tanya Tyff ydi'i henw hi. Ac mae hitha'n fy nghasáu i hefyd.'

'Dw i'n siŵr nad oes 'na neb yn dy gasáu di, Myf,' meddai Yncl Peris.

'Pam ddywedodd Dad mod i'n ddim byd ond trwbwl ta?!'

'Choelia i ddim ei fod o wedi dweud hynny . . .' meddai Anti Gwyneth. 'Pryd?'

'Ar ôl iddo fo ffeindio allan am y cwffio.'

'Does 'na'm rhyfadd ei fod o'n flin hefo chdi,' meddai Yncl Peris. 'Dydi o'm yn beth neis bod neb yn cwffio, yn enwedig genod. A ti'n gwybod yn iawn na ddylet ti frifo neb.'

'Mi frifodd Dad fi!'

'Be? Sut?'

'Rhoddodd o slap i mi!'

Rhythodd Yncl Peris ac Anti Gwyneth arni cyn dal llygaid ei gilydd yn bryderus.

'Dyna pam dw i yma. Fedrwn i ddim diodda mwy.'

'Oedd dy dad wedi rhoi slap i ti o'r blaen?' gofynnodd Anti Gwyneth yn ofalus.

'Naddo.'

'Colli'i dempar wnaeth o?' gofynnodd Yncl Peris.

'Ia. Ond dydi hynny ddim yn esgus nac'di?'

'Nac'di wir. Dydi o ddim. Ac oedd 'na rywbeth arall wedi digwydd cyn hyn?'

Edrychodd Myfi i ffwrdd, gan wneud i Yncl Peris amau ei bod hi'n cuddio rhywbeth. 'Yli, dw i eisio i ti ddweud bob un dim wrthon ni, iawn?'

'Tyrd 'laen, pwt,' anogodd Anti Myfi hi.

Syllodd Myfi ar y ddau am eiliad cyn tynnu anadl ddofn a dechrau siarad yn gyflym. 'Wel, mi wnaeth Dad ffeindio allan mod i wedi bod yn dwyn . . .'

'Be?' Tagodd Yncl Peris ar ei bibell. 'Fedra i ddim credu'r fath beth. Dwyt ti 'rioed o'r blaen wedi dwyn unrhyw beth!'

'Na, wn i. Ond roedd yn rhaid i mi gael llysiau i wneud cinio i Dad a'r hogiau. Mi driais i godi rhai o randir taid Tanya, ond mi ges i 'nal . . .'

'Oedd gen ti ddim pres i brynu bwyd, pwt?'

'Ro'n i wedi colli dwy bunt, gan fod 'na dwll ym mhoced fy nghôt. Roedd gen i ormod o ofn cyfaddef wrth Dad achos ro'n i'n gwybod y basa fo'n gwylltio'n gandryll. Ac mi wnaeth o hefyd! A dw i *ddim* yn mynd yn ôl adra!'

'Gwranda rŵan, Myfi . . .' meddai Yncl Peris yn dawel, ond torrodd Myfi ar ei draws. 'Waeth i chi heb â thrio mherswadio i! Dw i eisio byw efo chi!' meddai Myfi, wedi cynhyrfu'n lân. 'Mi ddwedodd y ddau ohonoch chi y baswn i'n cael aros yn fan'ma unrhyw amser!'

'Mi gei di,' meddai Yncl Peris, gan geisio'i thawelu. 'Ti'n gwybod hynny.'

'Peidiwch â sôn gair wrth Dad mod i yma, chwaith!'

'Mi fydd raid i ni ddweud wrtho fo, siŵr,' dywedodd Anti Gwyneth. 'Mae o'n siŵr o fod yn poeni'i enaid.'

'Fydd dim ots ganddo fo! Mi fydd o'n falch o gael fy ngwared i!'

'Ti'n siarad drwy dy het rŵan,' dywedodd Yncl Peris.

'Nac'dw! A dw i eisio i chi *addo* na wnewch chi ddim sôn *gair* wrtho fo!'

'Myfi . . .' erfyniodd Anti Gwyneth. 'Dwyt ti ddim yn bod yn deg.'

'Dim ots gen i! Dw i eisio i chi addo!' rhuodd Myfi.

Roedd hi wedi cynhyrfu mor ofnadwy nes bod ei hewythr a'i modryb yn poeni'n arw amdani.

'Iawn 'ta,' meddai'r ddau gyda'i gilydd. 'Addo.'

Ond doedd y ddau ddim yn fodlon o gwbl eu bod wedi cael eu gorfodi gan Myfi i dynnu'r llw.

15

Cysgodd Myfi tan hanner dydd y diwrnod canlynol a mynnodd Anti Gwyneth na châi Yncl Peris na Cynan ei deffro ar unrhyw gyfri.

Roedd Anti Gwyneth wedi troi a throsi drwy'r nos yn meddwl am Myfi'n teithio'r holl ffordd o Lerpwl ar ei phen ei hun. Diolch byth ei bod wedi cyrraedd yn ddiogel! Gallai pethau fod wedi bod yn wahanol iawn . . .

Ar ôl iddi hi godi o'r diwedd, a chael clamp o ginio mawr, roedd Myfi'n awyddus i fynd i weld Gwenan.

'Dos draw i Siop Sel yn reit handi i egluro'r cyfan wrthi, pwt,' meddai Anti Gwyneth. 'Gwisga fy nghlocsiau i i fynd i lawr i'r pentref. Wnân nhw ddim rhwbio yn erbyn dy ffêr di.'

'Diolch. Ond mae nhroed i'n lot gwell heddiw, cofiwch,' atebodd Myfi. 'Ac mi a' i gyfarfod Gwenan pan ddaw hi adra o'r ysgol.'

'Champion. Paid â brysio adra, cofia,' dywedodd Yncl Peris. 'Does 'na ddim brys heddiw. Cymera dy amser.'

'Diolch,' meddai Myfi gan wenu. 'Mi wela i chi'n nes mlaen.'

Am hanner awr wedi tri, roedd Myfi'n eistedd ar y fainc bren y tu allan i Siop Sel yn aros am Gwenan, a Cynan wrth ei thraed. Carlamodd Gwenan ar hyd rhes Trem yr Haul yr eiliad y gwelodd hi Myfi. Roedd y ddwy wrth eu boddau'n cael bod gyda'i gilydd eto, ac unwaith y dechreuodd Myfi siarad doedd dim stop arni hi.

Gwrandawodd Gwenan yn astud, gan ebychu bob hyn a hyn, yn methu credu bod pethau cynddrwg yn Lerpwl fel bod yn rhaid i Myfi ddianc yn ôl i Dyddyn Grug. 'Wsti be, fedra i ddim coelio dy fod ti wedi treulio dyddiau ar y lôn ar dy ben dy hun bach,' arswydodd. 'Oedd gen ti ddim ofn, Myf?'

'Oedd, rhywfaint. Ond roedd Mam yn cadw golwg arna i 'sti – o fyny fan'na.' Pwyntiodd Myfi ar yr awyr a gwenodd Gwenan arni'n drist.

'Be oedd y peth gwaethaf ddigwyddodd i ti?' mentrodd ofyn.

'Gweld y crwydryn 'na'n diflannu efo nghês i. Y bwbach! A doedd gwerthu'r organ geg ddim yn hawdd chwaith.'

'Wyt ti wedi dweud wrth Yncl Peris?'

'Do. Neithiwr.'

'Oedd o'n flin?'

'Nag oedd, chwarae teg. Ddywedodd o y basa fo'n prynu un arall i mi. Mae o mor ffeind, yn wahanol i Dad. Ac mae Anti Gwyneth 'run fath. Mae hi wrthi'n torri un o'i hen ffrogiau i'm ffitio i – gan nad oes gen i ddillad glân i newid iddyn nhw.' Cochodd Myfi, gan sylweddoli pa mor flêr a shabi yr edrychai.

'Iesgob, gei di fenthyg sgert a siwmper gen i, siŵr!' meddai Gwenan gan lusgo Myfi i mewn drwy'r siop ac i fyny'r grisiau i'w stafell wely, a Cynan wrth eu sodlau. Agorodd Gwenan ei chwpwrdd dillad a chynnig siwmper wlân hufen a sgert goch i Myfi.

'Ti'n siŵr?' gofynnodd Myfi.

'Cwestiwn gwirion! Ty'd, newidia'n reit handi.' Rhoddodd Gwenan y dillad iddi. 'Dw i *mor* falch dy fod ti'n iawn. A dy fod ti'n dal i feddwl amdana *i* fel dy ffrind gorau di, yn lle'r hen hulpan Tanya Tyff 'na.'

'Fasa honno ddim yn rhoi benthyg dillad i mi dros ei chrogi!' meddai Myfi, gan lithro'n ddiolchgar i mewn i'r siwmper a'r sgert lân a'u teimlo'n esmwyth braf yn erbyn ei chroen.

'Na fasa! A diolcha na fydd raid i ti fynd ar gyfyl y Bluefriars 'na eto. Gei di le yn yr Ysgol Ramadeg yn Llanllechen rŵan – gan dy fod ti yma i aros! Ac mi gei di eistedd yn y ddesg drws nesa i mi – yn union fel roedden ni yn yr ysgol fach erstalwm!'

'Os mêts . . .' meddai Myfi.

'Mêts!' ychwanegodd Gwenan, a chwarddodd y ddwy yn hapus.

'Iw-hŵŵŵ! Dw i'n ôl!' galwodd Myfi wrth iddi groesi rhiniog Tyddyn Grug sawl awr yn ddiweddarach, a rhuthro i lawr y cyntedd. 'A 'drychwch be dw i wedi cael ei fenthyg gan Gwenan . . .' Ond rhewodd ei llais wrth iddi gamu i mewn i'r gegin a gweld ei thad yn eistedd ar y setl.

'Haia, Myfi,' meddai Eryl Morris yn dawel.

'Be . . . be 'dach chi'n 'neud yma?' Rhythodd Myfi arno, ei llygaid yn fflachio.

'Rŵan pwt, paid â gwylltio,' meddai Anti Gwyneth, a'r tensiwn yn tasgu drwy'r ystafell. 'Ffoniodd Yncl Peris fòs dy dad yn yr Atlantic Dock. Doedd 'na ddim dewis.'

'Ond mi addawoch chi beidio dweud gair!' Fflamiodd tymer Myfi. 'Dyna pam oeddech chi ddim eisio i mi frysio adra o Siop Sel – er mwyn i Dad gael amser i gyrraedd yma!' Ffrwydrodd Myfi, gan deimlo'r brad i'r byw. 'Fedra i ddim credu eich bod chi wedi mynd y tu ôl i nghefn i!'

'Falla nad wyt ti'n gweld hynny rŵan, ond dy les di ydi'r peth pwysica yn y byd i mi, pwt,' meddai Anti Gwyneth yn dawel.

'Ia,' ategodd Eryl Morris. 'A fedra i ddim dweud wrthat ti pa mor falch o'n i o gael yr alwad! Mi ofynnais i'r bòs am amser rhydd, er mwyn i mi ddal y trên cyntaf i Fangor.'

'Wn i ddim byd i be,' poerodd Myfi, 'achos dw i ddim yn dod yn ôl i Lerpwl efo chi, dalltwch!'

''Sdim rhaid i ti. Ddim os nad wyt ti eisio,' meddai ei thad, gan fwrw Myfi oddi ar ei hechel yn llwyr. Dyma'r peth olaf roedd hi'n ei ddisgwyl. 'Os wyt ti'n hapusach yn fan'ma nag wyt ti adra efo fi a'r hogia, wna i mo dy lusgo di'n ôl,' ychwanegodd ei thad, 'dw i'n dy garu di, a dw i eisio i ti fod yn hapus . . .'

'Rydach chi'n fy *ngharu* i?' Chwarddodd Myfi'n chwerw heb gredu gair.

'Wel ydw, siŵr iawn.'

'Mae ganddoch chi ffordd od iawn o ddangos hynny!'

'Yli, dw i'n sori am y slap.' Plygodd Eryl Morris ei ben mewn cywilydd. 'Dw i'n difaru'n enaid mod i wedi gwneud y fath beth.'

'Ydach chi?'

'Ddyliwn i fod wedi ymddiheuro'n syth, yn lle diflannu. Ond mynd i'r fynwent wnes i – i weld dy fam.'

'I'r fynwent?' holodd Myfi'n ddryslyd.

'I gyfaddef wrthi be ro'n i wedi'i wneud. Mi fydda i'n mynd yno'n aml – pan fydd 'na betha'n fy mhoeni i. Ac ro'n i'n poeni am y slap.'

'Sonioch chi erioed eich bod chi'n mynd i'r fynwent,' meddai Myfi'n amheus.

'Dw i'n gwbod nad wyt ti'n hoffi mynd ar gyfyl y lle.'

'I fan'no fyddwch chi'n mynd pan fyddwch chi'n diflannu weithiau?'

'Ia. Mae gen i hiraeth mawr amdani hi, 'sti. Bob un diwrnod.'

'Ond fyddwch chi byth yn sôn am Mam,' meddai Myfi'n ddryslyd.

'Haws peidio, tydi,' meddai Eryl Morris, a'i lais yn gryg. 'Ond mi ddywedais i wrthi mod i'n poeni'n enaid dy fod ti wedi mynd.'

'Poeni pwy fyddai eich morwyn fach newydd chi oeddach chi, beryg!'

'O Myfi, paid â bod mor chwerw,' ceryddodd Anti Gwyneth. 'Mi dreuliodd dy dad a'r hogiau oriau lawer yn chwilio amdanat ti ar ôl i ti ddiflannu.'

'Hy!' wfftiodd Myfi.

'Do!' Cododd Eryl Morris ar ei draed a chroesi ati. 'Rhaid i ti nghredu i! Dw i ddim wedi cysgu winc, yn dychmygu pob math o bethau! Ddylia ti fyth fod wedi mynd fel gwnest ti, ond dw i'n gweld rŵan mod i wedi disgwyl gormod o lawer gan hogan ifanc fel ti. Ddyliwn i fyth fod wedi gadael i ti wneud yr holl goginio a'r llnau a'r golchi yn y tŷ 'cw chwaith. Doedd o ddim yn deg. Dw i dda i ddim . . .'

'Dydi hynny ddim yn wir, Eryl.' Ceisiodd Yncl Peris ei gysuro. 'Ddim wedi arfer wyt ti, dyna i gyd.'

'Edith oedd yn gwneud bob dim yn y tŷ, yntê? A phan ddywedodd Myfi ei bod hi'n medru coginio, ro'n i mor falch ac yn berffaith hapus i adael i ti gymryd drosodd. Ond roedd o'n ormod i chdi. Mae'n wir ddrwg gen i!' Syllodd Eryl Morris i fyw llygaid Myfi ac roedd o'n gwbl o ddifri. 'A dw i'n sori os dw i wedi bod yn flin ac yn gas hefyd. Ond dw i'n flin efo pawb a phopeth byth ers i mi golli dy fam. Dw i jest yn methu deall pam ei bod hi – o bawb – wedi gorfod cael damwain . . .'

'Does 'na 'run ohonan ni'n deall hynny,' meddai Anti Gwyneth gan osod ei llaw'n dyner ar ysgwydd Eryl Morris. 'A wnawn ni byth.'

'Ond ro'n i'n meddwl y byddai bob dim yn iawn wedi i'r rhyfel orffen. Ro'n i wedi gweld pethau . . .' Ysgydwodd Eryl Morris ei ben wrth gofio. 'Pethau na ddylai neb fyth eu gweld . . .' Ochneidiodd, ac am eiliad roedd o'n ôl yn yr Almaen yng nghanol y gynnau a'r gwaed a'r dioddef. Ro'n i wedi edrych ymlaen gymaint am gael dod adra. Dyna'r unig beth oedd yn fy nghadw fi i fynd, ond wedyn mi glywais i am dy fam ac, wel . . .' Crygodd ei lais unwaith eto, a meddyliodd Myfi ei fod ar fin crio. Dechreuodd deimlo'n ansicr, ond mewn eiliad roedd y dagrau wedi diflannu. 'Er dydi o ddim yn esgus dros wneud i ti ddioddef, chwaith. Chdi ydi un o'r petha pwysica yn fy mywyd i,' meddai ei thad yn gadarn.

'O'n i'n meddwl eich bod chi'n fy nghasáu i,' meddai Myfi. 'Chi a'r hogia.'

'Wel, nac'dw siŵr! A dydi'r hogia ddim chwaith!'

'Ond dydyn nhw'n gwneud dim byd ond achwyn a thynnu arna i . . .'

'Dyna mae brodyr mawr yn ei wneud! A dydi'r misoedd diwetha 'ma ddim wedi bod yn hawdd iddyn nhw chwaith. Ond wyddost ti ble roedden nhw pan gafon ni'r ffrae?'

Ysgydwodd Myfi ei phen.

'Allan yn chwilio amdanat ti! Gyrhaeddon nhw adra o'r gwaith o mlaen i a ffeindio'r ddwy bunt – roedden nhw wedi llithro o dan y stôf baraffîn.'

'Be?' Allai Myfi ddim credu'r peth. 'Ond ro'n i wedi chwilio pob twll a chornel o'r gegin!'

'Chwiliaist ti ddim yn ddigon caled, mae'n amlwg! Rhedodd Arthur ac Ifan yn syth draw i Gregory's i chwilio amdanat ti – achos roedden nhw'n amau y byddet ti wedi panicio.'

'Chollais i mo'r arian o gwbl, felly,' meddai Myfi. 'A finnau wedi poeni gymaint.'

'Naddo, ond chafodd yr hogiau ddim cyfle i ddweud wrthat ti, achos erbyn iddyn nhw gyrraedd adre, roeddet ti wedi diflannu.'

Roedd hyn yn taflu goleuni cwbl wahanol ar bethau, a doedd gan Myfi ddim syniad beth i'w ddweud.

'Tasa Arthur ac Ifan yn dy gasáu di, fasan nhw ddim wedi mynd i chwilio amdanat ti, na fasan?' meddai Anti Gwyneth. 'Dw i'n meddwl falla dy fod ti wedi camddeall pethau, Myfi.'

'Do,' meddai Myfi'n dawel. 'Dw i'n meddwl falla mod i. Ond dw i'n iawn am Tanya. Mae hi'n bendant yn fy nghasáu i.'

'Oes ots am Tanya?' gofynnodd Eryl Morris yn dawel. 'Nid hi ydi dy ffrind gorau di, naci?'

'Naci,' atebodd Myfi. 'Gwenan ydi honno.'

'Yn union. Ac mi fydd hi wrth ei bodd pan glywith hi dy fod ti'n mynd i aros yma.'

'Ydach chi o ddifri ynglŷn â gadael i mi fyw yn Nhyddyn Grug, Dad?'

'Ydw. Ond dim am nad ydw i dy eisio di. Nac am dy fod ti'n ddim byd ond trwbwl. Ond am fy mod i'n meddwl y cei di fwy o chwarae teg yma. Mi wnaeth Yncl Peris ac Anti Gwyneth joban grêt o edrych ar dy ôl di adeg y rhyfel, a does gen i ddim gobaith o wneud joban gystal â nhw. Ddim ar y funud, beth bynnag. Mae mhen i dros bob man. A plîs creda fi pan dw i'n dweud mai dim ond meddwl amdanat ti ydw i – nid meddwl amdana i fy hun.'

Ac yn sydyn, roedd Myfi *yn* ei gredu. Ond er bod Dad yn meddwl amdani hi, sylweddolodd Myfi nad oedd hi wedi meddwl amdano fo, a sut oedd o'n teimlo, trwy gydol yr amser y bu hi yn Lerpwl. Feddyliodd hi ddim am sut oedd Arthur ac Ifan yn teimlo chwaith. Dim ond meddwl amdani hi ei hun wnaeth hi, heb ystyried unwaith bod ei thad a'i brodyr yn siŵr o fod yn ei chael yn anodd ymdopi heb ei mam. Gwridodd mewn cywilydd. 'Sori, Dad. Dw i wedi bod yn hunanol iawn,' meddai'n ddistaw.

'Anghofia fo.'

'A dw i'n poeni amdanach chi'n mynd yn ôl i Lerpwl ar eich pen eich hun rŵan.'

'Fydda i ddim ar ben fy hun, na fyddaf? Mi fydd yr hogia yno'n aros amdana i, ac mi ga i groeso mawr ganddyn nhw.'

'Ydach chi'n siŵr?'

'Berffaith! Ac mi wnei di sgwennu ata i bob wythnos, yn gwnei? A dod i ngweld i a'r hogiau bob gwylia?'

'Dof, siŵr!'

'Hei, falla gawn ni fynd i Barc Bootle wedi'r cwbl?'

'Gwych,' meddai Anti Gwyneth. 'Ac mi fyddwn ni wrth ein bodd yn dy gael di'n byw efo ni, Myfi,' ychwanegodd gan blannu cusan ysgafn ar dalcen ei nith.

'Diolch,' dywedodd Myfi gan ei chusanu hithau.

'Ia wir, diolch,' meddai Eryl Morris fel atsain. 'Wn i ddim be faswn i'n 'neud hebddoch chi'ch dau.'

'Twt lol!' Doedd Anti Gwyneth ddim yn hoffi cael ei chanmol, a dechreuodd glirio'r bwrdd ar gyfer swper. 'Mae hi'n rhy hwyr i ti fynd yn ôl i Lerpwl, Eryl. Arhosa yma heno, a chychwyn y peth cyntaf bore fory, iawn?'

'Iawn,' atebodd Eryl Morris a wincio ar ei ferch.

Roedd hi bron yn naw o'r gloch erbyn iddyn nhw orffen bwyta swper, a goleuai'r sêr yr awyr fel diemwntau ar ddarn o felfed du. Roedd ffenestr y gegin yn denu Myfi fel magned, a chyn gynted ag y cododd Anti Gwyneth i glirio'r llestri swper, aeth Myfi i syllu ar y sêr. Pefriai un seren yn loywach na'r gweddill.

'Mam,' meddai Myfi gan bwyntio at y seren wrth i'w thad ymuno â hi. 'Dw i'n credu y bydd hi'n hapus mod i'n mynd i fyw yn Nhyddyn Grug.'

'Bendant,' dywedodd Eryl Morris. 'Mi fydd hi wrth ei bodd ein bod ni'n dau'n deall ein gilydd hefyd.'

'O'r diwedd!' meddai Myfi a lledodd gwên fel y gwanwyn dros ei hwyneb wrth i Dad lapio'i freichiau o'i chwmpas a'i dal yn dynn, dynn.